Deux cœurs au gré des flots

*Barbara Cartland est une romancière anglaise
dont la réputation n'est plus à faire.*

*Plus de trois cents romans variés et
passionnants mêlent aventures et amour.*

*Les Éditions J'ai Lu en ont déjà publié
plus d'une centaine que vous retrouverez
dans le catalogue gratuit disponible
chez tous les libraires.*

Barbara Cartland

Deux cœurs au gré des flots

traduit de l'anglais par Horace CASSIDY

Éditions J'ai lu

Ce roman a paru sous le titre original :

JOURNEY TO A STAR

© Barbara Cartland, 1983

Pour la traduction française :
© Éditions de Fanval, 1984

NOTE DE L'AUTEUR

De très graves incidents se produisirent à la frontière du Siam au cours de l'année 1893, puis le calme se rétablit peu à peu.

En 1897, à bord de leur yacht, le *Maka Chakri*, le roi Chulalongkorn et la reine Soawabha visitèrent l'Europe.

A leur grand étonnement, Leurs Majestés reçurent en France un accueil enthousiaste.

En Angleterre, les souverains résidèrent à Buckingham Palace où, en l'absence de la reine Victoria – qui se reposait dans son château de Windsor avant la célébration du soixantième anniversaire de son accession au trône –, ils furent reçus par le prince de Galles (le futur Edouard VII).

Leur périple les conduisit également en Belgique, en Italie, en Suède et en Russie.

Fait remarquable, le roi Chulalongkorn était le premier monarque asiatique à s'entretenir en anglais avec ses hôtes sans l'aide d'un interprète.

Lors de mon séjour à Bangkok, en 1982, je me suis installée à l'Oriental Palace. Nouvellement agrandi et décoré, il compte aujourd'hui parmi les meilleurs hôtels du monde. De mon balcon, je voyais la rivière Chao Phrya; aussi enchanteresse qu'animée, elle est ainsi depuis des siècles; son marché flottant est aussi coloré et pittoresque que possible; c'est lui que j'ai décrit dans ce livre.

Je n'ai malheureusement pas eu suffisamment de temps pour partir à la découverte des fresques qui ornent les murs de certains temples et illustrent les *Jatakas*, ces antiques légendes indiennes; mais on peut, si l'on veut, consulter l'excellent ouvrage d'Elizabeth Wray, préfacé par A.B. Griswold, *Ten Lives of the Buddha*, qui les reproduit dans toute leur splendeur.

1

1894

Le marquis d'Oakenshaw ne put étouffer un bâillement : l'air manquait au palais St-James et la cérémonie du lever princier semblait ne jamais devoir finir.

Faisant montre d'une bonne humeur inaccoutumée ce matin-là, le prince de Galles avait un mot aimable à l'adresse de presque toutes les personnes présentes, et son rire, qui ne cessait de fuser, semblait se répercuter contre le plafond bas de sa chambre.

Le marquis ne comptait plus les levers auxquels il avait assisté. La pompe entourant la cérémonie ne l'impressionnait plus guère, pas plus que la mise particulièrement recherchée des militaires, des marins, des diplomates et autres ministres qui se bousculaient là.

La journée était exceptionnellement ensoleillée pour un mois de janvier et il songeait qu'il aurait de beaucoup préféré être sur ses terres, chevauchant un de ses pur-sang ou rivalisant au galop avec ses familiers sur son champ de courses privé.

La cérémonie du lever achevée, le prince de Galles se dirigea vers la sortie. Le marquis, profondément absorbé dans ses pensées, sursauta.

Il remarqua que le prince héritier prenait chaque année un peu plus d'embonpoint. Bientôt, se dit-il, ses « beaux atours » (comme le prince les appelait lui-même) devraient être retaillés ou mis au rebut; sur ces considérations, il se précipita à sa suite. Le marquis était, en effet, très différent du prince. Il aimait monter léger et faire courir ses propres chevaux, aussi ne manquait-il jamais de surveiller son poids.

Ce souci constant l'obligeait à rester frugal au cours des pantagruéliques festins servis à Marlborough House. Il faisait de même pendant les repas offerts par les hôtesses désireuses de recevoir le prince de Galles et sa cohorte d'amis à leur table.

Réprimant un nouveau bâillement, le marquis se dit que les repas interminables l'assommaient, comme, du reste, les levers prolongés et autres cérémonies de la Cour.

Aussi lui fut-il difficile de paraître ravi lorsque le prince lui annonça :

– J'espère que vous serez mon invité ce soir, Vivien. En l'absence de la princesse, je suis pressé de retrouver mes amis à dîner. Nous tâcherons ensuite d'aller nous distraire un peu.

Le marquis connaissait le sens de cette expression : après le repas, ils assisteraient à quelque représentation théâtrale et finiraient, à coup sûr, la soirée dans une de ces « maisons de plaisirs » qui seraient enchantées de les accueillir.

Il réprima un mouvement d'humeur en pensant qu'il était trop vieux pour de pareilles équipées – d'ailleurs, c'était aussi vrai du prince!

Mais Son Altesse Royale appréciait encore le faste et le clinquant d'une scène, et la fausse beauté des « dames de la capitale » lui donnait l'enthousiasme d'un jeune aspirant.

– Quelle heureuse idée, Votre Altesse, répondit le marquis.

Le prince s'esclaffa tandis qu'ils descendaient les vieilles marches de chêne de l'escalier du palais, ce vénérable escalier que les membres de la famille royale empruntaient depuis plus de quatre siècles.

Dans la cour, une voiture attendait. Le prince ne franchissait pas autrement la très courte distance qui le séparait de Marlborough House.

Le marquis, imité par tous les courtisans, les politiciens et les aides de camp présents, inclina la tête comme il convient de le faire devant un membre de la famille royale; tous se redressèrent quand les chevaux, emportant l'héritier du trône, eurent disparu au tournant de l'allée.

– Eh bien, c'est fini! lança au marquis un des gentilshommes du palais. A présent, Dieu merci, je vais pouvoir me débarrasser de cet uniforme dans lequel je me sens si mal à l'aise.

– J'ai bien l'intention d'en faire autant, répondit le marquis.

Il avait tourné les talons et se dirigeait vers sa propre voiture, quand le gentilhomme ajouta :

– Au fait, Oakenshaw, j'allais oublier : le ministre des Affaires étrangères souhaite vous voir à son bureau avant le déjeuner.

– A quel sujet ? s'enquit vivement le marquis sur un ton où perçait de la mauvaise humeur.

– Je n'en ai aucune idée, mais, connaissant Son Excellence, j'imagine qu'il s'agit d'une affaire que vous auriez dû régler... hier!

Le marquis eut un petit rire teinté d'humour.

Il n'ignorait pas que les capacités de lord Rosebery, son rang et sa fortune, l'auraient conduit au pouvoir même sans le dynamisme et la curiosité d'esprit qui en faisaient un être remarquable à bien des égards.

M. Gladstone lui-même l'avait appelé « l'homme de l'avenir ».

Quand il avait été promu au rang de ministre des Affaires étrangères, ses talents d'orateur lui avaient gagné de nombreux admirateurs et sa popularité était immense dans tout le pays.

De plus, elle était largement servie par le renom de ses chevaux qui remportaient toutes les courses.

Qu'il comptât parmi ses intimes le marquis d'Oakenshaw, beaucoup plus jeune que lui, n'avait rien d'étonnant : tous deux étaient en effet grands amateurs de sport et leur sens de l'humour les autorisait à se moquer autant d'eux-mêmes que de leurs contemporains.

Pendant que la voiture remarquablement bien suspendue et tirée par deux chevaux exceptionnels se dirigeait vers le ministère des Affaires étrangères, le marquis se demandait pourquoi lord Rosebery, avec lequel il avait dîné quelques jours auparavant, désirait le revoir aussi précipitamment.

Il aurait préféré passer se changer à son appartement de Grosvenor Square, avant de reprendre sa voiture, mais il était impossible de faire attendre lord Rosebery si celui-ci le réclamait d'urgence.

Les chevaux s'immobilisèrent devant le ministère des Affaires étrangères et l'un des secrétaires privés de lord Rosebery descendit en hâte les marches du perron pour accueillir le marquis.

– Bonjour, Milord. Le ministre vous sera très reconnaissant d'être venu si rapidement.

Le marquis, qui connaissait le jeune homme, lui rendit la politesse :

– Bonjour, Cunningham. Que signifie cette agitation ?

– Je crois que Son Excellence souhaite vous l'apprendre elle-même, lui répondit le secrétaire.

Il précéda le marquis tout au long d'interminables couloirs voûtés avant d'ouvrir enfin la porte d'un bureau et d'annoncer d'un ton tonitruant :

– Le marquis d'Oakenshaw, Milord!

Lord Rosebery poussa une exclamation de satisfaction et se leva pendant que le marquis s'avançait à sa rencontre.

– Merci d'être venu, Vivien, dit-il. Comme vous voilà resplendissant! Comment s'est passé le lever de notre prince?

– Encore plus ennuyeux que d'habitude, répondit le marquis en s'installant sur un siège, face au bureau de lord Rosebery.

Celui-ci regagna son fauteuil en disant :

– Merci encore d'être venu. Je suppose que Stanhope vous a dit que c'était urgent?

– Que se passe-t-il? interrogea le marquis. Une guerre se serait-elle déclarée en Europe? Les Russes auraient-ils envahi les Indes?

– Rien d'aussi catastrophique, rassurez-vous, reprit lord Rosebery avec un sourire, mais j'aimerais que vous m'apportiez votre aide au Siam.

– Au Siam! s'exclama le marquis. Je croyais que les problèmes s'étaient arrangés dans cette partie du monde.

– C'est arrangé, en effet... enfin, cela le sera bientôt, assura lord Rosebery, mais, en même temps, je souhaiterais que vous acceptiez de vous rendre à Bangkok en mission pacifique.

Le marquis se renversa dans son fauteuil et éclata de rire.

– Une chose est sûre, Archibald, vous me surprendrez toujours. J'avais imaginé que vous m'enverriez à Paris ou au Caire, mais certainement pas au Siam.

De l'autre côté du bureau, lord Rosebery s'installa plus confortablement et ses yeux s'allumèrent lorsqu'il expliqua :

– Je ne vous demande pas de partir à l'aventure. Je pensais simplement que votre yacht est amarré depuis si longtemps au port qu'il abrite sans doute une colonie d'anatifes, aussi vous pourriez peut-être aller jeter l'ancre dans une rivière du Siam, comme les Français ont réussi à le faire, l'an dernier, avec leurs canonnières.
– J'ai effectivement entendu parler de cet exploit, répondit le marquis. On dit même qu'ils ont réussi un assez beau gâchis... Mais j'avais cru comprendre également que nos patrouilles de vaisseaux de guerre avaient rétabli le calme dans ces parages.
– J'aurais dû me douter que vous étiez bien renseigné, mon cher Vivien.

Lord Rosebery garda quelques instants le silence pendant qu'il considérait d'un œil pensif le séduisant célibataire assis en face de lui, puis inopinément, il hasarda :
– Vous êtes intelligent et vous connaissez le monde mieux que personne ; pourquoi ne jouez-vous pas un rôle plus important en politique ? Nous avons besoin d'hommes comme vous.

Un sourire détendit les traits du marquis, chassant l'expression d'ennui qui s'y peignait depuis un moment.
– Sans doute, répondit-il, parce que les interminables discours prononcés devant la Chambre des lords sont aussi assommants que leurs auteurs.

Lord Rosebery se mit à rire.
– Si, comme cela s'est déjà produit, vous acceptez de m'aider hors des cadres de cette institution, vous n'aurez aucun compte à rendre au Parlement.
– Souhaitez-vous vraiment me voir partir pour le Siam sur-le-champ ?
– Si vous estimez le moment inopportun, répon-

dit lord Rosebery, je peux sans peine deviner la raison de votre manque d'enthousiasme : est-elle très séduisante?

– Très séduisante, en effet!

En faisant cette réponse, il songeait que lady Bradwell, qui était depuis peu entrée dans sa vie, possédait un charme qui n'avait rien de commun avec les femmes qu'il avait connues auparavant.

Les liaisons du marquis – qui se succédaient sans interruption et qui étaient toujours fougueuses et passionnées – ne duraient jamais très longtemps : leur ressemblance le lassait invariablement.

A trente-trois ans, il était encore célibataire pour la simple raison qu'il n'avait jamais rencontré une femme avec laquelle il eût sérieusement pu envisager de passer le restant de ses jours.

Il n'avait jamais été question de mariage dans la plupart de ses affaires de cœur.

Il devait se l'avouer : dès qu'il les connaissait mieux, même les beautés les plus célèbres, les plus séduisantes et les plus spirituelles, qui entraient dans sa vie avec le même empressement flatteur, devenaient si semblables dans leur comportement et dans leur conversation qu'il bâillait d'ennui dès la troisième rencontre.

Pas plus tard que la semaine précédente, son ami intime, Harry Prestwood, lui avait dit :

– Pour l'amour du Ciel, Vivien! Qu'espères-tu de la vie? Que cherches-tu? Et, s'il fallait que cela finisse ainsi, qu'as-tu à reprocher à Daisy?

Il faisait allusion à une jeune femme qui avait été unanimement saluée comme la plus grande beauté du siècle et qui, comme tant d'autres avant elle, avait perdu la tête pour le marquis et avait eu le cœur brisé.

La comtesse Daisy avait un mari complaisant qui préférait la campagne à la vie londonienne; après dix ans de mariage, il fermait les yeux sur les fredaines de son épouse à condition qu'elle se conduise, en public, comme une femme de son rang.

Le marquis avait la réputation de mener une vie dissolue – ce qui aurait été plus indiqué sous le règne de George IV que sous celui de Victoria –, aussi, le simple fait qu'une femme soit aperçue en sa compagnie suffisait à déchaîner les ragots et les commérages.

Avec Daisy, il s'était efforcé de se montrer discret et prudent; il avait en effet conscience de son appartenance sociale comme de celle de la comtesse et il n'ignorait pas que, découverte, leur liaison ne manquerait pas de faire sensation.

Mais Daisy était tombée amoureuse du marquis et on avait commencé à jaser sur leur compte.

C'est ainsi que, parce qu'il détestait les insinuations malveillantes de ses amis et les remarques sarcastiques des échotiers, le marquis avait abruptement mis fin à leur aventure.

Il savait se montrer impitoyable et résolu : sa décision prise, ni les larmes, ni les supplications, ni les récriminations ne pouvaient la modifier.

– Comment pouvez-vous m'abandonner ainsi? s'était écriée Daisy lorsqu'il lui avait annoncé qu'il estimait plus sage de ne plus la voir aussi souvent.

– Je crains fort que nous n'ayons guère le choix, avait répliqué le marquis.

– Je vous aime, avait protesté Daisy. Je vous adore. Je n'avais jamais imaginé que je pourrais un jour aimer un homme autant que je vous aime!

– C'est indéniablement très flatteur, avait répondu le marquis, mais vous ne pouvez vous permettre de porter atteinte à votre réputation, pas plus dans le monde qu'à Marlborough House.

Daisy s'était raidie et, pendant un moment, tandis qu'elle dévisageait le marquis d'un air incrédule, comme incapable de croire qu'il parlait sérieusement, ses beaux yeux bleus s'étaient remplis de larmes.

– Que voulez-vous insinuer à propos de Marlborough House? avait-elle demandé. Vous savez pertinemment que le prince ne se permettrait jamais un mot contre moi.

– Hier soir, au dîner, avait répondu le marquis, la princesse m'a demandé d'un ton plein de sous-entendus la date du retour à Londres de votre mari.

Daisy était restée muette.

Elle n'ignorait pas que l'inimitié de la princesse aurait un effet désastreux pour son prestige et, bien qu'elle doutât fort que la belle Alexandra puisse devenir son ennemie, elle devait reconnaître que celle-ci ne lui avait jamais montré autant d'amitié qu'elle en eût souhaité.

Comprenant qu'il avait l'avantage, le marquis avait ajouté calmement :

– Je tiens à vous remercier, Daisy, pour tout le bonheur que vous m'avez apporté. J'espère que nous demeurerons amis.

Il s'était senti un peu solennel, mais qu'aurait-il pu ajouter?

En fait, il n'était pas tant préoccupé par la réputation de Daisy que par le fait qu'elle ne l'attirait plus comme au début de leur liaison.

Il ne parvenait pas à comprendre pourquoi toutes les femmes auxquelles il s'intéressait lui semblaient se confondre après quelques jours, se répéter au point qu'il pouvait presque prévoir les mots qui franchissaient leurs lèvres.

Par ailleurs, il ne souhaitait pas trouver trop d'intelligence chez une femme – à Dieu ne plaise! Rien ne l'exaspérait comme les bas-bleus.

Pourtant, lorsque Daisy avait encore le pouvoir d'attiser son désir, il ne pouvait s'empêcher, intellectuellement, de critiquer la banalité de ses propos, même s'ils sortaient d'une bouche aussi parfaitement dessinée que l'arc de Cupidon.

– Qu'elles aillent toutes au diable! avait-il confié à Harry ce jour-là comme cela lui était arrivé cent fois auparavant. Je ne me marierai jamais!

– Tu finiras par te marier, avait répliqué Harry. Il te faut un héritier et, très sincèrement, ton château aurait bien besoin d'une hôtesse à l'autre bout de la table de la salle à manger.

Harry aurait fait exploser une bombe sous ses pieds que le marquis n'eût guère montré plus d'étonnement.

– Voudrais-tu insinuer que je ne suis pas un hôte irréprochable? avait-il demandé.

– Je n'en connais pas de meilleur, avait assuré Harry. Il n'empêche que lorsque tu reçois – et personne ne sait le faire plus somptueusement – on aimerait voir à l'autre bout de la table une très belle femme parée des célèbres diamants de la famille Oakenshaw. Elle pourrait également arborer ces joyaux lors de la cérémonie de l'ouverture du Parlement.

Renversant la tête, le marquis avait éclaté de rire.

– Tu parles exactement comme ma mère, avait-il fait remarquer.

Néanmoins, il savait que Harry avait raison.

Comme tout le monde s'y attendait, il finirait par prendre épouse, et, un jour, elle deviendrait la maîtresse de maison de son château, de l'hôtel particulier de Londres et de toutes les résidences secondaires qu'il possédait, disséminées dans le pays; une épouse qui, à ses côtés, prendrait, à la Cour, la place héréditaire de la marquise d'Oakenshaw.

Vivien s'était ensuite représenté l'ennui qu'il ne manquerait pas d'éprouver au petit déjeuner, au déjeuner et au dîner, lorsqu'il devrait prêter l'oreille aux platitudes que débiterait sa jeune épouse avec affectation, et la certitude qu'il en irait ainsi à l'infini, pour le restant de ses jours, le terrifiait.

« Je ne pourrai pas le supporter et je ne le supporterai pas! » s'était-il dit pour se rassurer.

Après s'être très efficacement débarrassé de Daisy – non sans avoir, comme à son habitude, très généreusement atténué le choc en lui offrant un cadeau princier de chez Cartier – il avait repris sa quête et cherchait celle qui saurait attirer ses regards.

Jusqu'à la semaine précédente, le marquis n'avait encore trouvé personne qui suscitât son intérêt quand, au cours d'un dîner donné par un député qu'il était accoutumé à snober, il s'était retrouvé assis aux côtés d'une femme encore inconnue de lui, lady Bradwell.

Elle était belle, cela va sans dire, sinon, il en était certain, elle n'aurait pas été placée près de lui.

Elle était belle mais surprenante, sa beauté était en effet inconnue aux habitués de Marlborough House.

– Où vous cachiez-vous donc? s'était enquis le marquis.

– J'étais à Paris où j'ai porté le deuil pendant un an, avait-elle répondu.

– Voilà qui explique tout.

Le marquis entendait par là que ce motif expliquait qu'il ne l'eût jamais rencontrée auparavant, mais donnait aussi les raisons de l'extrême élégance de la mise de la jeune femme ainsi que la façon qu'elle avait de s'exprimer et de contrer ses avances les plus hardies avec une adresse qui faisait défaut à la plupart des Anglaises.

A la fin du repas, le marquis était indiscutablement intrigué.

Deux jours plus tard, il s'était sérieusement mis en chasse; il savait d'expérience que les résultats ne se feraient pas attendre : il n'avait aucun doute sur l'épilogue.

Le marquis n'était pas un homme prétentieux, mais il aurait été parfaitement stupide s'il n'avait pas eu conscience d'un fait qui se reproduisait souvent dans sa vie : toutes les femmes qu'il entreprenait de conquérir se montraient invariablement et instantanément prêtes à répondre à ses avances, elles n'opposaient de résistance que symbolique et dans le seul but de sauvegarder leur fierté.

Lady Bradwell avait pourtant réussi à piquer sa curiosité. Plus encore, avec une habileté inattendue, à laquelle il ne pouvait s'empêcher de rendre hommage, elle l'avait poussé à se perdre en conjectures, lui qui n'avait jamais douté de sa victoire.

En clair, le marquis n'avait pas encore atteint son but et, comme on pouvait le prévoir, il n'avait aucune envie de s'embarquer pour le Siam dans les circonstances présentes.

L'idée lui vint tout à coup que lady Bradwell n'était pas mariée. Il ne serait peut-être pas très difficile de la persuader de l'accompagner, discrètement chaperonnée bien sûr.

A haute voix il demanda :

– Quand souhaitez-vous me voir partir pour cette mission de conciliation, comme vous l'appelez, Archibald ? Et qu'attendez-vous de moi exactement ?

Au sourire qui apparut sur les lèvres du ministre et au pétillement de ses yeux, il comprit que lord Rosebery était enchanté de le voir accepter. En outre, il savait que son ami devinait sans peine la raison de ce consentement facilement octroyé.

– Le plus tôt possible, pour répondre à votre première question, fit lord Rosebery. Quant à la seconde, comme vous savez ce qui se passe au Siam depuis quelque temps, je n'ai pas besoin de vous expliquer qu'il vous appartiendra de rassurer le roi sur l'accord franco-anglais signé l'année dernière.

Il souriait lorsqu'il ajouta :

– ... Vous devrez amener Sa Majesté à admettre que cet accord ne causera aucun préjudice à son pays, mais qu'il garantira au contraire son indépendance.

– Vous voulez dire que les puissances coloniales – les Anglais en Birmanie et les Français au Laos – considéreront le Siam comme un état tampon ? fit observer le marquis.

– Exactement, approuva le ministre. Mais, après les fâcheux événements survenus depuis peu – principalement du fait des Français, d'ailleurs –, il est bien compréhensible que le roi Chulalongkorn se montre nerveux et inquiet quant à l'avenir.

– J'espère qu'il n'est pas trop préoccupé ! s'inquiéta le marquis. J'ai toujours été d'accord avec vous pour reconnaître que Chulalongkorn était un des grands rois de notre époque et qu'il passerait certainement à la postérité.

Le ministre approuva d'un signe.

Tous deux songeaient que le roi avait inauguré son règne en proclamant que les enfants nés de parents esclaves seraient des hommes libres ; d'ailleurs, il s'employait peu à peu à libérer ses sujets de l'esclavage.

Il avait instauré un service postal moderne, fait construire des lignes de chemin de fer et remplacé les barons féodaux – infiniment trop puissants – par des gouverneurs nommés par le pouvoir central et directement responsables devant le Trône.

Quand le marquis avait visité le Siam, quelques années auparavant, il avait été extrêmement impressionné par le roi et par les réformes qu'il mettait en œuvre.

Son admiration pour lui n'avait cessé de croître lorsque Sa Majesté lui avait personnellement déclaré :

– Tous les enfants doivent avoir le même droit à l'instruction, les miens comme ceux des pauvres.

Le roi Chulalongkorn était bien décidé à rendre son indépendance au Siam, et l'un des moyens d'éviter la soumission de son pays à l'Occident consistait à financer soi-même les étapes nécessaires au progrès.

La Grande-Bretagne contrôlait déjà entièrement la Birmanie, et il éprouvait une vive inquiétude devant la puissance et l'influence grandissantes de la France en Indochine.

L'année précédente, des troubles s'étaient produits et deux canonnières françaises, engagées dans la rivière Chao Phraya pour remonter jusqu'à Bangkok, avaient ouvert le feu sur des forts thaïlandais.

Il y avait eu des pertes des deux côtés mais l'hostilité avait, depuis, diminué.

– Votre rôle, reprit le ministre, sera de réussir à faire comprendre au roi que l'Angleterre désire sincèrement garder une attitude amicale, et je ne connais personne, Vivien, qui puisse y parvenir mieux que vous.

– Voilà qui est très flatteur, répliqua le marquis, mais je sais pertinemment que vos compliments n'ont d'autre but que de parvenir à vos fins.

Il soupira avant d'ajouter :

– ... J'irai donc au Siam, mais à une seule condition : je veux pouvoir être accompagné de quelques amis.

- Vous voulez dire que vous ne vous rendrez au Siam que si la dame, objet pour le moment de votre flamme inconstante, accepte votre invitation? fit remarquer lord Rosebery.

Il fit une pause :

- ... Je vous connais depuis longtemps, Vivien, et je n'ai encore jamais vu une femme vous refuser ce que vous vouliez.

- Il y a toujours une première fois.

- Faites en sorte que ce ne soit pas celle-ci.

Lord Rosebery se leva.

- ... Je dois me rendre à une réunion. Voulez-vous déjeuner avec moi demain? Je pourrai ainsi vous exposer dans le détail la situation au Siam et vous remettre des lettres pour le roi et pour notre consul général à Bangkok, le capitaine Michael Jones, qui vient d'être décoré de la croix de Victoria.

- J'ai le sentiment désagréable que vous me contraignez à m'embarquer dans cette histoire, déclara le marquis. Si jamais tout ne se passait pas comme il faut, Archibald, je vous jure que ce serait la dernière fois que j'accepterais une de vos propositions. Vous n'ignorez pas qu'autrefois – vous étiez déjà ministre des Affaires étrangères – je me suis rendu sur vos instances dans une partie du globe que je n'avais aucune envie de visiter.

- Ne dites pas d'absurdités! protesta lord Rosebery. Vous savez aussi bien que moi que vous serez ravi d'échapper aux intrigues de Marlborough House et à ces interminables festins au cours desquels, souvent, je vous ai vu perdre patience. Et qui sait? Sous de nouveaux cieux, vous trouverez peut-être la perle rare – sera-ce une étoile? – que vous cherchez depuis toujours.

Le marquis le dévisagea d'un air incrédule.

- Qui a dit que j'étais à la recherche de quoi que ce soit?

— Il n'y a pas de doute, Vivien, vous cherchez la perle rare, répliqua lord Rosebery. Et avec votre allure, votre prestance, votre position et votre fortune, vous avez tout pour vous, sauf l'essentiel.

— A savoir? demanda le marquis sur un ton âpre, mais il connaissait la réponse.

— L'amour, confirma lord Rosebery.

Le marquis allait rétorquer que c'était là le cadet de ses soucis et qu'il s'en passait fort bien, quand il se souvint que lord Rosebery avait perdu sa femme quatre ans auparavant : aucun de ses amis n'ignorait que, depuis, il vivait en solitaire et se sentait très malheureux.

Aussi Vivien ne prononça-t-il pas la phrase qu'il avait sur le bout de la langue; il se contenta de faire remarquer d'un air dégagé :

— J'ai toujours entendu dire que le voyageur solitaire voyage plus vite.

— Cette remarque dans votre bouche n'est pas faite pour me surprendre, jeta lord Rosebery avec une pointe d'ironie contenue, tout dépend naturellement de l'endroit où vous souhaitez vous rendre.

Sachant que le ministre l'avait souvent supplié d'utiliser ses dons exceptionnels et ses brillants talents plus sérieusement qu'il ne l'avait fait jusque-là, le marquis apprécia la finesse de cette observation.

Il y eut un bref silence puis le ministre ajouta :

— ... Quand vous reviendrez, j'aurai à vous faire une proposition plus importante.

Le marquis haussa les sourcils et demanda :

— De quoi s'agit-il?

— Je ne souhaite pas vous en parler pour le moment, répondit lord Rosebery, mais j'en ai déjà touché un mot à Sa Majesté qui s'est montrée enchantée de cette idée.

– Je suppose que vous voulez parler d'un poste de gouverneur? dit lentement le marquis.

– Peut-être même quelque chose de plus important encore. De toute façon, hâtez-vous de revenir. Je n'aime pas vous savoir trop longtemps dans ces régions retirées.

Le marquis se leva.

– Je déjeunerai avec vous demain, Archibald, et vous avez intérêt à me convaincre de la nécessité absolue de ce voyage, sinon, je vous jure de l'annuler à la dernière minute.

– Vous ne m'avez jamais fait faux bond, rappela le ministre, et, en vérité, j'aimerais avoir le temps de vous accompagner là-bas. Si je le pouvais, je n'hésiterais pas une seconde à partir avec vous pour une croisière qui vous conduira peut-être à la découverte de la Toison d'Or qui vous est destinée.

Tandis que tous deux se dirigeaient vers la porte, lord Rosebery posa une main sur l'épaule de son ami.

– Je suis tout à fait sûr, Vivien, qu'elle s'empressera d'accepter votre invitation. Elle montrera même sans doute trop de hâte. Mais espérons qu'elle saura à tout le moins vous divertir jusqu'à votre retour.

– Votre impertinence est déconcertante! s'exclama le marquis.

Les deux hommes partirent d'un rire dont on entendit les éclats jusqu'à ce qu'ils eussent disparu dans le couloir.

Tarina Worthington agita la sonnette du 115, Belgrave Square et, un peu inquiète, attendit l'ouverture de la porte.

Le valet de pied en livrée laissa la place à un majordome qui s'avançait depuis le fond du hall ; Tarina Worthington expliqua :

– Je désirerais voir lady Bradwell.

– Avez-vous rendez-vous, Madame ?

– Je crains fort que non, répondit la visiteuse, mais auriez-vous l'obligeance de lui dire que sa cousine, miss Tarina Worthington, aimerait la voir.

– Bien sûr, Mademoiselle.

L'attitude presque hostile du majordome avait changé dès qu'il avait entendu le mot « cousine » ; il se dirigea lentement vers un petit salon dont il ouvrit la porte avant de s'effacer devant Tarina.

– Je vais prévenir Milady de votre présence, Mademoiselle, fit-il.

Tarina promena son regard le long des murs d'une pièce carrée, très haute de plafond, meublée d'une façon qui témoignait davantage de la richesse que du bon goût ; elle aperçut son reflet dans un grand miroir.

Elle comprit alors pourquoi le majordome avait tout d'abord semblé vouloir la renvoyer.

La robe noire qu'elle avait achetée après la mort de son père ne lui avait pas coûté grand-chose et, sous l'éclairage hivernal, elle paraissait bien élimée et bien pauvre.

Son manteau, malheureusement indispensable puisque la température montait à peine au-dessus de zéro, était tout râpé : sa mère, déjà, l'avait porté pendant des années.

Avec un petit sourire triste, Tarina se dit que décidément, son apparence était désastreuse.

Elle n'avait pu se permettre le moindre frais pour porter le deuil : le maigre reliquat qui restait sur son compte bancaire après les funérailles de son père était son seul rempart contre la misère.

« Comment papa aurait-il pu faire des économies ? » s'était alors demandé Tarina, désespérée.

Avant même qu'elle se fût décidée à vendre tout ce qui lui appartenait dans le presbytère, elle savait qu'elle n'en obtiendrait jamais plus de quelques livres sterling.

Un peu nerveuse à l'idée de rencontrer sa cousine qu'elle n'avait pas revue depuis deux ans, elle tenta d'arranger son chapeau de façon plus seyante.

Par malheur, elle n'avait pas eu le temps de se laver la tête au cours de la semaine précédente, aussi ses cheveux avaient-ils perdu en partie ces merveilleux reflets cuivrés, dont sa mère lui avait toujours dit qu'ils lui venaient d'une aïeule autrichienne.

– C'est curieux, Tarina, lui avait-elle confié un jour, mais la trace du « roux viennois », qui a toujours été un objet d'admiration, peut sauter deux générations dans une famille et réapparaître à la troisième.

– Mon arrière-grand-mère était-elle très belle ? avait demandé Tarina.

– C'est ce que j'ai toujours entendu dire, avait répondu sa mère, et, de plus, extrêmement douée. Elle avait une très belle voix et son journal intime nous a appris qu'elle avait été fort demandée dans les soirées viennoises. A deux reprises, elle a chanté au château de Schönbrunn devant l'empereur François-Joseph et l'impératrice Elisabeth. Celle-ci avait également les cheveux roux.

– Crois-tu que je saurais chanter si je travaillais ma voix ? s'était inquiétée Tarina.

Sa mère avait souri.

– Je n'en ai aucune idée, ma chérie, avait-elle répondu. Tu chantes à ravir à l'église, mais tu sais comme moi que cela n'est en rien comparable au pouvoir qui consiste à tenir une salle entière sous le charme.

Elle avait observé une pause avant de poursuivre :

– ... Mais une chose est sûre : ton père et moi sommes contraints d'économiser sur tout pour t'offrir des leçons et nous serions incapables de t'en offrir davantage.

En outre, Tarina n'était pas sans savoir que le roux de ses cheveux possédait une étrange qualité : quand elle était heureuse, leur couleur flamboyait, et quand elle était fatiguée ou préoccupée, les reflets cuivrés perdaient de leur éclat, sa chevelure paraissait terne alors. Ce roux si caractéristique était le reflet des sentiments de son cœur.

Ce jour-là, on n'en percevait qu'une faible trace mais, comme toujours, sa peau d'une blancheur éblouissante devenait presque translucide au soleil.

Ses yeux, parfois verts, parfois gris, étaient assombris par l'inquiétude et par l'angoisse.

– Et si ma cousine Betty refusait de me recevoir ? se demanda-t-elle dans un murmure. Que deviendrais-je ? Où trouverais-je refuge ?

La porte s'ouvrit.

– Milady va vous recevoir, Mademoiselle, annonça le majordome.

– Merci, répondit Tarina.

Elle le suivit dans le hall et, en haut d'un escalier, jusqu'à un vaste palier.

Là, par l'entrebâillement d'une porte, elle aperçut un immense salon meublé de chaises et de sofas Louis XIV, agrémenté d'un tapis aux couleurs froides et de quelques lustres sévères.

Tarina n'eut que le temps de jeter un coup d'œil furtif et suivit le majordome qui continuait d'avancer.

Au bout du couloir, il ouvrit une porte donnant, Tarina le savait, sur un boudoir.

Sa mère lui avait fait maintes descriptions de ces petites pièces intimes et elle avait toujours désiré en voir une.

On ne pouvait s'y tromper : les rideaux de brocart bleu pâle et la chaise longue recouverte de la même étoffe évoquaient bien un boudoir. On se sentait enveloppé d'une exquise sensation de féminité, encore accentuée par de généreux vases remplis d'œillets « Malmaison » qui non seulement embaumaient la pièce, mais se reflétaient à l'infini dans les miroirs aux cadres dorés suspendus aux murs.

La pièce était vide et, tandis que Tarina la parcourait du regard, quelqu'un entra par une porte qu'elle n'avait pas remarquée.

Avec timidité, Tarina s'avança dans la pièce ; c'est alors que la jeune femme qui venait d'entrer s'exclama :

– Tarina ! Je n'arrivais pas à croire que c'était toi ! Que fais-tu à Londres ?

Tarina s'arrêta devant sa cousine.

– C'est si gentil à toi de me recevoir, Betty !

– Mais c'est que je suis ravie de te voir ! répondit lady Bradwell.

Sur ce, déconcertée, elle s'arrêta.

– Mais... pourquoi es-tu en noir ?

– Papa est mort le mois dernier.

– Oh ! je suis désolée. Je l'ignorais, ma chérie. Comme il doit te manquer...

– Plus que je ne saurais le dire mais, maintenant qu'il est mort, tu comprends que je doive gagner ma vie.

– Ma pauvre enfant ! s'exclama lady Bradwell. Viens t'asseoir près de moi et raconte-moi tout.

Elle s'installa sur un canapé et Tarina prit place à ses côtés.

Elle se dit alors qu'elle ne connaissait personne de plus jolie que sa cousine Betty.

Ses cheveux blonds et ses yeux bleu de Delft la faisaient ressembler à un portrait de Fragonard; Tarina ne pouvait détacher son regard du visage de lady Bradwell.

– Tu es ravissante, Betty! Beaucoup plus belle encore que tu ne l'étais autrefois! Mais il y a autre chose en toi.

Lady Bradwell sourit.

– C'est ce que tout le monde me dit et c'est sans doute parce que je suis allée à Paris. Oh! Tarina, j'ai tellement de chance! Après la mort de mon mari, un de ses parents, qui s'était toujours montré très aimable avec moi, m'a invitée à séjourner chez lui.

– J'ai été désolée d'apprendre la triste nouvelle de la mort de ton mari, dit Tarina. Je sais que papa t'avait envoyé ses condoléances.

– Il m'a écrit des choses très sensibles, répondit lady Bradwell, mais je peux être franche avec toi... je n'étais pas fâchée d'être veuve.

Tarina poussa une exclamation.

– Oh! Betty! Pourquoi?

Lady Bradwell soupira.

– Mon mari a été malade pendant les quatre dernières années de notre mariage et je trouvais absolument assommant d'avoir à m'occuper de lui. Même avant sa maladie, il avait déjà très mauvais caractère. Tu sais qu'il avait quarante ans de plus que moi.

– Je sais, approuva Tarina, mais comme c'était un homme important, très important même, tout le monde disait que tu avais fait un brillant mariage.

– Sans doute était-il gentil à sa façon, expliqua Betty, mais bien que j'aie toujours aimé courir les soirées et les bals, nous passions notre temps à recevoir des amis tous aussi âgés qu'Arthur. En réalité, avant ces derniers temps, je ne m'étais jamais vraiment amusée.

Elle poussa un petit cri et ajouta :

– ... Je ne saurais te dire à quel point c'est merveilleux d'être à Londres aujourd'hui! D'être seule, de pouvoir habiter cette maison et de m'offrir toutes les somptueuses toilettes dont j'ai envie.

– Et des tas d'amis pour t'admirer, enchaîna Tarina.

– Bien sûr, confirma Betty. Je suis connue comme une des plus belles femmes de la capitale et, Tarina, que penses-tu?...

C'était comme au bon vieux temps, quand Betty, l'aînée, dirigeait la conversation et que Tarina écoutait.

Pour lors, tandis que Tarina, apparemment subjuguée, restait assise les yeux rivés sur les traits de sa cousine, Betty discourait, comme elle le faisait à dix-sept ans, quand elle était considérée comme une grande, alors que Tarina, avec ses quinze ans, était encore, en un sens, une enfant.

Comme Betty s'était interrompue, Tarina lui demanda :

– Que voulais-tu me dire?

– Je suis invitée, commença lentement Betty, invitée à faire une croisière, sur un yacht, avec le marquis d'Oakenshaw.

– Sur un yacht? s'exclama Tarina. As-tu le pied marin?

– C'est sans importance, répliqua vivement Betty. C'est l'homme le plus séduisant, le plus en vogue, le plus insaisissable de Londres et je crois qu'il me poursuit de ses assiduités.

– Comme c'est excitant! Tu mènes une vie passionnante! lança Tarina avec enthousiasme. Va-t-il te demander de l'épouser?

Betty éclata de rire.

– Je crois que c'est fort peu probable. C'est un célibataire endurci... comme toutes mes bonnes amies se sont empressées de me le faire remarquer.

Tarina avait l'air perplexe.

– Je... je ne comprends pas...

Betty jeta un coup d'œil du côté de sa cousine, puis s'empressa d'ajouter :

– Bien sûr, je parviendrai peut-être à le faire changer d'avis mais, en attendant, je serai son invitée et toutes les femmes qui l'ont connu seront vertes de jalousie!

Tarina se demanda en quoi il y avait lieu de se réjouir mais, comme elle aimait sa cousine, elle se contenta de dire :

– Je suis folle de joie pour toi. Quand pars-tu?

– Très bientôt, dans deux jours. Tarina, je ne sais pas comment je trouverai le temps de me préparer.

Tarina sourit.

– Je suis sûre que tu ne manques pas de gens pour t'aider.

– Il me faut de nouveaux vêtements, et il me sera impossible de me les procurer dans un délai aussi bref. Dieu merci, j'ai ramené de Paris quelques merveilleuses robes qui m'ont coûté une fortune!

Tarina examina celle que portait Betty à ce moment-là et, à la vue de la soie fabuleuse dans laquelle elle était coupée et de la dentelle non moins raffinée qui la bordait, elle jugea que son prix lui eût permis de vivre largement pendant un an au moins.

Elle chassa cette pensée de son esprit et dit :

– Je ne suis pas venue ici pour te causer des

soucis, Betty, mais simplement pour te demander de m'aider... en me procurant de bonnes références.

— Des références?

L'étonnement dans la voix de Betty fit sourire Tarina.

— Ma chérie, tu dois savoir que, mis à part son maigre traitement, papa n'avait absolument aucune fortune personnelle, et maintenant qu'il est décédé, je dois gagner ma vie.

— Oh! Tarina, je suis désolée! s'exclama Betty. Mais c'est terrible pour toi! Que vas-tu faire?

— Je dois être gouvernante, décréta posément Tarina. Je ne vois aucun autre emploi pour lequel je serais qualifiée. Je crois, vu mon âge, que je devrais commencer par être nurse.

— Veux-tu dire qu'il te faudra négliger les ressources de ton cerveau — dont ton père disait toujours qu'il valait celui d'un garçon — pour les gaspiller avec un tas d'enfants braillards? Tarina, c'est injuste!

— J'y arriverai, répondit Tarina. Mais tu sais que je n'obtiendrai jamais une place convenable si je ne peux pas montrer d'excellentes références, et tu es la seule personne sur cette terre à qui je puisse les demander.

— Ma chérie, je vais faire de toi un tel éloge que tout le monde voudra t'engager séance tenante!

— Merci, répondit Tarina avec soulagement.

— Mais je veux d'abord te montrer mes robes, poursuivit Betty. On devine tout de suite qu'elles viennent de Paris. Tu vas voir aussi la nouvelle penderie que j'ai fait faire spécialement pour les ranger.

Elle se leva tout en parlant et Tarina la suivit dans la chambre attenante; cette seconde pièce était encore plus impressionnante que le boudoir.

Elle remarqua immédiatement le grand lit, entouré de rideaux de soie retenus dans les coins par des angelots dorés et sculptés.

Au pied du lit, sur la couverture de dentelle, était repliée une fourrure de zibeline.

Les oreillers étaient bordés de la même dentelle entrelacée de rubans de satin bleu et, au centre, on pouvait lire, brodé, un imposant monogramme.

Tarina contemplait tout cela avec étonnement.

Elle avait souvent essayé d'imaginer le genre de chambre dont pouvaient disposer les femmes élégantes dans leurs grandes demeures, mais elle n'avait jamais rêvé quelque chose d'aussi luxueux et d'aussi beau.

– J'ai fait changer la décoration de cette chambre et du boudoir, confia Betty. A présent, je vais m'attaquer au grand salon qui est aussi lourd et solennel que l'était mon mari!

Elle termina sa phrase en lançant, par-dessous ses cils, un coup d'œil espiègle; et Tarina, comprenant que sa cousine cherchait à la scandaliser, s'exclama :

– Betty! Tu ne devrais pas dire des choses pareilles!

– C'est la vérité! Oh! Tarina, c'est un tel soulagement d'être débarrassée de lui! Il me parlait toujours comme s'il s'était adressé à une idiote et, après notre lune de miel, qui a été épouvantable, il ne m'a plus jamais fait le moindre compliment.

La tristesse dans sa voix était si manifeste que, impulsivement, Tarina entoura les épaules de Betty de ses bras en disant :

– Ne pense plus à cela, ma chérie. Tu es si belle que, j'en suis sûre, le marquis voudra t'épouser. Ou peut-être feras-tu la connaissance d'un prince charmant et régneras-tu sur un de ces délicieux petits

États d'Europe dont j'entends parler dans les journaux.

Betty éclata de rire.

– Tu es en train d'inventer un véritable conte de fées!

– Mais tu devrais être un personnage de conte de fées : ne ressembles-tu pas à une princesse?...

– C'est que ma marraine – ou plutôt la comtesse – m'a aidée en me faisant acheter exactement ce qu'aurait porté Cendrillon au bal. Certaines de mes toilettes sont rangées dans cette armoire, et la pièce voisine en est remplie d'une foule d'autres.

Elle se dirigea vers la garde-robe, peinte dans des tons de blanc et de bleu assortis aux murs de la pièce, dont les glaces reflétaient le mobilier et l'éclatante lumière du soleil qui entrait à flots par les fenêtres.

Comme elle allait l'ouvrir, trois petits coups attirèrent son attention et elle tourna la tête vers la porte du couloir.

– Qui est-ce? demanda-t-elle.

– C'est moi, Milady.

– Entrez, Bates.

Le majordome qui avait accueilli Tarina à son arrivée apparut dans l'embrasure de la porte.

– Je vous prie de m'excuser, Milady, je vous apporte de mauvaises nouvelles.

– De mauvaises nouvelles? s'inquiéta Betty. De quoi s'agit-il?

– C'est Jones, Milady. Elle a eu un accident.

– Que... comment a-t-elle pu? Qu'est-il arrivé?

– Elle voulait prendre quelque chose sur la plus haute étagère d'un grand placard, Milady, expliqua Bates, et elle a perdu l'équilibre; elle est tombée d'un escabeau.

– Mon Dieu! s'exclama Betty. S'est-elle blessée?

– Je crains fort, Milady, qu'elle ne se soit cassé une jambe.

Betty poussa un petit cri.

– Cassé une jambe ? Comment a-t-elle pu ? Oh ! pauvre Jones, je suis désolée pour elle.

Elle se tut puis ajouta à mi-voix :

– ... Mon Dieu ! Mais que vais-je faire sans elle ?

2

Betty parvint à se dominer et dit au majordome :

— Dites à Jones que je monterai la voir un peu plus tard. J'imagine que le médecin a fait tout ce qu'il fallait pour elle ?

— Elle a déjà la jambe dans le plâtre et le docteur a dit qu'il reviendrait demain. Je crois que Jones s'est assoupie, à l'heure qu'il est.

— C'est ce qu'elle a de mieux à faire, approuva Betty. Faites servir le thé dans mon boudoir pour miss Worthington et moi-même d'ici à une demi-heure.

— Fort bien, Milady.

Le majordome s'inclina et quitta la pièce.

Consternée, Betty regardait Tarina.

— Peux-tu imaginer quelque chose de plus épouvantable ? Ma femme de chambre me fait faux bond juste aujourd'hui ! Je dois absolument trouver quelqu'un d'autre, mais je crains bien que cela ne soit parfaitement impossible !

Elle réfléchit un instant avant de poursuivre :

— ... Les bagages ne sont pas prêts, même si Jones avait presque terminé son travail. Comment vais-je pouvoir engager une nouvelle femme de chambre dans un délai aussi court, et, surtout, sans avoir la moindre idée de ses qualités pour s'occuper de ma garde-robe et de ma coiffure?

Betty semblait attendre qu'une solution tombe du ciel, elle promenait son regard sur les armoires où étaient suspendues ses toilettes.

Après un long moment de silence, Tarina finit par proposer:

– Si cela doit t'être d'un quelconque secours, je peux m'occuper de tes bagages.

– Les servantes sauront tout à fait s'en charger, répondit Betty.

Sur quoi, elle se tourna vers sa cousine avec une curieuse expression dans le regard.

– ... Tarina! s'exclama-t-elle soudain. C'est toi qui me coiffais d'habitude, avant mon mariage! Et tu couds à la perfection, mieux que toute autre personne de ma connaissance!

Tarina retint son souffle: elle ne parvenait pas à croire à la proposition qu'allait lui faire – elle le devinait – sa cousine.

Enfin, d'une voix hésitante, comme si elle craignait d'offenser Tarina, Betty risqua:

– Viendrais-tu avec moi? Serait-ce trop te demander que de m'accompagner?

– T'accompagner dans ton voyage sur le yacht? demanda Tarina.

– C'est bien ce que je veux dire, répondit Betty, mais il m'est impossible de faire accepter au marquis une invitée de dernière minute.

– Je comprends, bien sûr! Mais, si tu le souhaites, je puis t'accompagner en qualité de camériste.

Les yeux de Betty s'illuminèrent, puis elle dit:

– Je te retrouve là, Tarina, tu es toujours aussi serviable, mais je ne voudrais pas trop te demander. D'autre part, je sais que tu cherches du travail.

— Bien sûr, insista Tarina. C'est précisément la raison de ma présence chez toi. Je n'aurais rien pu imaginer de plus merveilleux que de travailler à ton service et de partir pour l'étranger!

Betty se laissa glisser dans un fauteuil devant la cheminée et porta la main à son front.

— Essayons de mettre tout cela au point, Tarina. L'accident de Jones me plonge dans le désespoir... réellement!

— Je sais, Betty! Et je sais aussi que tu dois être la plus belle pour séduire le marquis.

En disant cela, Tarina songeait qu'il eût été bien difficile pour un homme de ne pas se laisser séduire par sa cousine.

Indéniablement, malgré son air inquiet, Betty était merveilleusement belle.

Ses cheveux prenaient les reflets du soleil et la faisaient ressembler à un poème rose-blanc-or.

— Tu dois m'expliquer exactement le rôle d'une femme de chambre, en dehors des soins que je te prodiguerai pour ta coiffure et tes vêtements, dit Tarina. Je suis sûre que cela ne doit pas être sorcier.

— Ce serait plus difficile à la maison, répondit Betty, car on ne pourrait abuser longtemps les domestiques. Mais lorsque j'ai exprimé le désir d'emmener Jones avec moi en voyage, le marquis a été d'accord.

Elle marqua une pause avant d'ajouter :

— ... Je crois me rappeler qu'il a précisé que les autres dames invitées pour cette croisière ne seraient pas accompagnées par leurs femmes de chambre, celles-ci détestant habituellement la mer...

Tarina éclata de rire.

— Je suis sûre qu'il a raison. Je me rappelle que ta mère disait, voilà des années, qu'Ashton, sa femme de chambre, refusait catégoriquement de la suivre à Paris.

– C'est vrai! approuva Betty. Et même si maman se plaignait, sous prétexte que cette absence lui compliquait horriblement la vie, elle était en réalité soulagée d'être débarrassée de la pauvre Ashton.

– Je crois que les domestiques détestent les changements et les voyages.

– C'est pourquoi j'ai engagé une Française. Elles au moins sont toujours disposées à se déplacer.

– Une Française? interrogea Tarina.

Betty sourit malicieusement.

– Tu es étonnée parce que nous l'appelons « Jones »? En réalité elle se prénomme « Josée », mais tu imagineras sans peine ce que les gens de la maison ont fait subir à un nom pareil! Ils l'ont immédiatement déformé en « Jonezey »; je ne pouvais le supporter, aussi ai-je décidé que tout le monde l'appellerait désormais « Jones ».

Tarina étouffa un rire.

– C'était là une sage décision, même si ce nom est trompeur.

– Tu seras « Josée » sur le bateau, décréta Betty, et, comme ton français est bien meilleur que le mien, personne n'aura le moindre soupçon. Cela expliquera également pourquoi tu ne ressembles pas à une domestique anglaise.

– Je l'espère bien! se récria Tarina.

Toutes deux éclatèrent franchement de rire puis Betty reprit son calme et demanda sérieusement à Tarina :

– Es-tu bien certaine, ma chérie, d'être prête à accepter ma proposition?

– Si je suis prête? souffla Tarina. Mais je suis absolument ravie! Ce doit être mon ange gardien qui a guidé mes pas vers toi juste au bon moment.

Avant que Betty puisse répondre, elle s'empressa d'ajouter :

– ... Passons aux choses sérieuses et mettons-nous au travail. Dis-moi exactement ce que je dois faire.

– Il reste encore une malle à remplir, répondit Betty, les bonnes pourront t'aider. En attendant, ne leur dis pas que tu m'accompagnes en tant que cameriste ; tu as tout simplement été invitée par le marquis.

Tarina garda un bref instant le silence et murmura d'une voix hésitante :

– Elles auront du mal à le croire quand elles verront ma tenue. Peut-être pourrais-tu... m'avancer... un petit peu d'argent, Betty ? Pas grand-chose... juste de quoi m'acheter une petite robe noire qui convienne à la situation.

– Une seule ?... s'étonna Betty, interrompant sa phrase.

Comme elle s'avisait, enfin, de la robe que portait sa cousine sous son manteau élimé, Betty s'exclama :

– Oh ! Tarina ! Comme je suis égoïste ! Je n'ai jamais pensé à t'envoyer des vêtements ! L'idée de le faire ne m'a pas traversé l'esprit alors que je dois me débarrasser d'une quantité incroyable de robes !

Elle s'interrompit brusquement et poussa une exclamation qui était presque un cri.

– Tu es en deuil ! lança-t-elle comme si elle faisait une découverte, et j'ai justement ce qu'il te faut !

Les yeux écarquillés, Tarina dévisageait sa cousine :

– ... J'ai porté le deuil pendant un an, expliqua Betty. Tu sais comment sont les Français sur le chapitre de la mort : ils sont si conventionnels qu'ils se transforment en corneilles pendant douze longs mois, sans oublier la dernière minute de la dernière journée de l'année écoulée depuis le jour où leur parent a quitté ce monde.

Tarina fut incapable de retenir un sourire.

— ... Je n'ai pu m'empêcher de tricher vers la fin, avoua Betty, j'ai porté des robes mauve pâle et blanches : elles t'iront à ravir et seront idéales s'il fait chaud au Siam ; quant aux toilettes noires, elles conviendront parfaitement. Une cameriste française aurait l'air « chic » même dans de la toile de sac, à condition qu'elle soit noire !

Tarina continuait de rire lorsqu'elle dit d'un ton incrédule :

— Je ne te crois pas ! Tu inventes toute cette histoire ! On dirait un conte de fées !

— J'espère que c'en sera un, en effet, répliqua Betty. En attendant, je t'affirme que tu trouveras deux malles bourrées de toilettes noires que j'ai ramenées de Paris avec la ferme intention de les offrir à une œuvre de bienfaisance. Elles t'iront à merveille, ma chérie, et tu seras encore plus ravissante !

— Ce n'est pas précisément ce qu'on demande à une cameriste, fit gravement observer Tarina.

— Cette croisière ne durera pas éternellement, répondit Betty. Lorsque nous reviendrons, tu trouveras une place de gouvernante dans une très grande maison, tu séduiras par ton charme le fils de la famille qui t'épousera sans tarder. Ensuite, vous vivrez heureux jusqu'à la fin des temps.

— Cela n'est guère probable, fit Tarina, mais je serai enchantée de m'habiller de façon à ne pas avoir honte de mon apparence.

— Je te ferai donc cadeau de tous ces vêtements de deuil, promit Betty, et jamais plus, ma chère petite cousine, je n'oublierai de t'offrir les robes que je ne porte plus. Ainsi, à défaut d'autre chose, tu seras la gouvernante la plus somptueusement habillée de toute l'Angleterre!

En disant cela, elle pensa que ce serait peut-être là une grave erreur...

Le fils de la maison ne serait peut-être pas le seul à faire des avances à Tarina; le chef de famille, le père des enfants qu'elle aurait pour mission d'éduquer, se montrerait peut-être lui aussi sensible à son charme? Les conséquences seraient alors désastreuses! Betty chassa ces pensées et décida qu'il serait toujours temps de s'occuper de ces questions...

Pour le moment, la seule chose qui lui importait était que Tarina s'occupe d'elle sur le yacht et s'assure qu'elle, Betty, reste la plus belle et la plus séduisante aux yeux du marquis.

Tarina se leva du canapé qu'elle occupait et ôta son manteau et son chapeau.

– La première chose à faire, décida-t-elle, est de comprendre avant que tu ne sois décoiffée comment Jones arrange habituellement tes cheveux. Il y a si longtemps que je ne t'ai pas coiffée... et j'aime tant la façon dont ils sont disposés.

C'était, à la vérité, très réussi : ils étaient tirés en arrière du front ovale de Betty et réunis par un petit nœud au-dessus de sa tête, en même temps qu'ils laissaient libre une délicate frange dorée qui, allez savoir comment, semblait accentuer le bleu de ses yeux.

Tarina tourna consciencieusement autour de Betty afin d'étudier la coiffure de sa cousine, puis elle revint se placer en face d'elle avant de déclarer :

– Je suis certaine de pouvoir refaire exactement la même chose.

– Tu as toujours été très habile de tes mains. Te souviens-tu de notre habitude de nous costumer à

Noël pour offrir un petit spectacle à papa et maman? Tu étais tout à la fois l'auteur, le producteur, la costumière, et aussi, à dire vrai, bien meilleure actrice que moi.

– Il te suffisait d'être belle! protesta Tarina. Aujourd'hui, du moins pourrais-je jouer mon rôle de camériste sans trop de difficulté. Devrais-je vous faire la révérence, Milady?

Betty éclata de rire.

– Jones est bien trop fière pour se plier à de tels usages mais, à contrecœur, elle avait fini par accepter de faire une toute petite révérence à mon mari et à la comtesse. Tu pourrais en faire autant si jamais tu as affaire au marquis ou à un de ses distingués invités...

Tarina réfléchit un instant avant d'ajouter :

– Ce ne serait sans doute pas une mauvaise idée de prendre mes repas dans ma propre cabine.

– J'arrangerai cela, promit Betty. Je pense en effet que c'est tout naturel et je suis sûre que Jones se serait sentie insultée si elle avait dû manger en compagnie des membres de l'équipage.

– Tu la décris comme une personne effrayante! Pourquoi avoir une telle femme de chambre?

– Pour la bonne raison qu'elle est merveilleuse dans son service. La comtesse elle-même a approuvé mon choix. Elle était absolument décidée à me procurer une domestique française pour remplacer celle que j'aurais dû amener avec moi d'Angleterre.

– J'espère seulement que je vous donnerai entière satisfaction, Milady! fit Tarina d'un ton faussement humble.

Toutes deux furent prises de fou rire.

– Ce sera tellement amusant de t'avoir avec moi, assura Betty. Entre nous, Tarina, je suis terrorisée par le marquis. Il ne fait pas de doute qu'il est assez impressionnant!

» Bien que j'aie rencontré à Paris des gens absolument charmants, ils n'avaient rien de commun avec les habitués de Marlborough House que je fréquente aujourd'hui; ils sont loin de se prendre pour les premiers venus.

– Ils sont arrogants? questionna Tarina.

– Mis à part ceux de leur clan, ils regardent le reste du monde de très haut, expliqua Betty, et ils ont de leur propre importance une conscience très aiguë.

– Qui est invité à bord du yacht?

– Je n'en ai pas la moindre idée, affirma Betty, mais je suppose que ce sont les amis du marquis, des personnes qu'il connaît de longue date et qui ne risqueront en aucun cas de l'ennuyer, sois-en sûre. Il est réputé pour s'ennuyer très facilement.

– Ta description le montre en effet comme un homme bien sévère, fit remarquer Tarina. Es-tu certaine que tu prendras plaisir à sa compagnie?

– Bien sûr! Et c'est beaucoup plus important que tout ce qu'il peut ressentir.

Quand elle se rendit compte de ce qu'elle venait de dire, Betty poussa un petit cri avant de s'exclamer :

– ... C'est presque un crime de lèse-majesté! Le marquis est le célibataire le plus en vue de la haute société et les femmes se jettent à sa tête de la façon la plus éhontée.

Elle fit une pause pour se remémorer la scène :

– ... Voilà quelques jours, dans une soirée, j'ai vu positivement ramper à ses pieds la ravissante lady de Grey et sa rivale, la marquise de Londonderry. Si elles n'avaient pas été des femmes de qualité, elles se seraient probablement battues pour lui comme deux marchandes de poisson.

Tarina gardait l'air perplexe.

– Mais... mais je croyais que lady de Grey et la marquise étaient mariées respectivement avec...?

Elle se rappelait en effet avoir vu dans *The Ladies Journal* des photos de ces deux élégantes.

Sa mère lisait autrefois ce magazine féminin et, depuis son décès, les dames de la paroisse le prêtaient parfois à Tarina.

Il y eut un court silence puis, mesurant l'innocence et l'idéalisme de sa cousine, Betty lança d'une voix toute différente :

– Viens, Tarina. Nous ne pouvons pas rester assises ici à bavarder quand nous avons tant à faire. Je vais appeler Robinson : elle est en quelque sorte la gouvernante.

Elle hésita un moment avant d'ajouter :

– ... Je vais lui dire que tu m'aideras à choisir les robes qu'il reste à emballer, ensuite, elle pourra les mettre dans une malle avec l'aide des bonnes.

– Excellente idée, approuva Tarina.

– En attendant, je vais prévenir Newman, mon très fidèle serviteur, que tu restes ici : il va monter tes bagages.

– Je n'ai pas apporté mes bagages jusque chez toi, Betty.

– Où sont-ils en ce cas ? Les as-tu laissés à la campagne ?

– Non, j'ai amené à Londres tout ce que je possède, reprit Tarina. Si, comme je le prévoyais, tu m'avais donné une lettre de recommandation, je me serais rendue immédiatement au bureau de placement de Mount Street. J'ai en effet entendu dire que c'est le meilleur pour le travail que je recherche et...

– ... et ce n'est plus nécessaire à présent, interrompit Betty.

– ... J'ai laissé le peu de bagages que j'ai à la consigne de la gare de Paddington.

– Je n'ai qu'à envoyer un valet les reprendre.

Betty passa de la chambre au boudoir où le majordome et deux valets préparaient la table pour le thé.

Elle était couverte d'une incroyable quantité d'argenterie dont le luxe ne manqua pas d'impressionner Tarina. Les assiettes de sandwiches et de petits fours de toutes sortes étaient si nombreuses et si engageantes qu'elle ne tarda pas à ressentir les attaques de la faim.

Elle avait quitté le presbytère le matin même, juste avant que le nouveau titulaire emménage. A six heures du matin, elle avait pris le train à la gare la plus proche et, sans prendre le temps de s'arrêter pour avaler quoi que ce soit, elle était accourue à Belgrave Square, chez sa cousine.

Comme si elle avait lu dans ses pensées, Betty déclara :

– Après une aussi longue journée, je suis sûre que tu meurs de faim. J'aurais dû y penser plus tôt.

Sans attendre la réponse de Tarina, elle s'adressa au majordome :

– Faites préparer des œufs pour miss Worthington et prévenez Mrs. Peel que ma cousine couchera ici ce soir. Envoyez également James ou Frank à la gare de Paddington pour prendre ses bagages à la consigne.

– Ce sera fait, Milady.

Quand le majordome quitta la pièce, suivi des deux valets, Tarina sourit.

– Je crois rêver! Ce matin, je redoutais que tu ne refuses de me recevoir et, en vérité, je craignais fort de ne pas trouver où dormir cette nuit.

Betty posa sa main sur le bras de sa cousine.

– Je suis tellement triste d'apprendre le décès de ton père, dit-elle. Tu sais à quel point j'admirais oncle David. Si j'en avais été informée, je me serais inquiétée de ton sort.

– Tu es si bonne que j'ai du mal à croire que nous ne sommes pas en plein conte de fées.

– Quoi qu'il advienne à l'avenir, déclara Betty d'un ton ferme, tu peux compter sur moi. Je n'ai jamais oublié la bonté de tante Louise à la mort de mère; en outre, je t'ai toujours considérée comme ma propre sœur.

– Tu es la sœur la plus ravissante et la plus gentille qui soit, dit Tarina au bord des larmes.

Betty serra doucement son bras avant de dire :

– Ne nous laissons pas aller aux sentiments. Si je pleure, mes cils vont déteindre...

Stupéfaite, Tarina la dévisagea.

– Tes cils?

– Ne sois pas stupide, Tarina! Tu sais que je n'ai jamais eu les cils noirs! Personne ne doit le savoir, mais je les teins très soigneusement avec un colorant spécial.

– Cela semble efficace et c'est très bien fait.

– Il le faut, répondit Betty, car une femme qui se maquille risque d'avoir la réputation d'être de mœurs faciles. Mais je puis t'assurer que toutes les femmes utilisent de la poudre de riz en secret et se fardent les joues et les lèvres de rouge.

Elle souriait en poursuivant :

– ... Au début, lorsque je me suis rendu compte que le fard était nécessaire, j'ai commencé à me frotter les lèvres avec des pétales de géranium mais à présent, j'ai recours à un costumier de théâtre qui vend des crayons gras et autres cosmétiques aux actrices.

Tarina examina soigneusement le visage de sa cousine avant de conclure :

– Tu as toujours eu un teint merveilleux et ta peau ne me paraît absolument pas différente de ce qu'elle était autrefois.

— Tu ne diras pas la même chose lorsque tu me verras après une nuit passée à danser!

Toutes deux éclatèrent de rire, puis Tarina promit :

— Je garderai le secret. Je ne doute pas que si quelqu'un, surtout le marquis, venait à le savoir, cela te porterait le plus grand tort.

Un silence suivit; Betty semblait réfléchir à ce qu'elle venait d'entendre. Elle reprit enfin :

— Le marquis a toujours fréquenté de très belles femmes, très sophistiquées, beaucoup plus âgées que moi, aussi serais-je surprise qu'il ne sache pas faire la différence entre une orchidée et une pâquerette.

— Si tu cherches à te comparer à une pâquerette, fit observer Tarina, je dois dire que je trouve la comparaison fort mal choisie. Tu es, plus exactement, une rose au teint diaphane, une rose très belle qui touche à la perfection. Le marquis ne devrait pas penser à toi autrement.

— Tu te trompes, Tarina, objecta Betty. Non seulement il a l'esprit critique, mais c'est un homme complètement blasé. Nous devrons tout mettre en œuvre pour l'intéresser et le divertir. Et Tarina, tu es beaucoup plus astucieuse que moi pour ces choses-là.

Tarina commençait à penser que le marquis était tout simplement trop gâté, et plutôt antipathique, aussi se demanda-t-elle pourquoi sa cousine s'intéressait tant à lui.

Elle avait autrefois rencontré lord Bradwell, le vieux mari de Betty, et elle comprenait parfaitement que celui-ci était non seulement trop vieux, mais aussi trop solennel et, à son avis, trop ennuyeux pour rendre heureuse une jeune femme au naturel aussi doux que Betty.

Quand cette dernière, adorable et assez jeune

pour être la petite-fille de son mari, était partie en voyage de noces, Tarina avait demandé à son père :

– Pourquoi a-t-elle épousé ce vieillard ?

Le vicaire, un homme encore séduisant, avait soupiré :

– Nous devons seulement espérer qu'ils soient heureux, ma chérie. Les trésors de l'Egypte exercent un attrait irrésistible et le chemin de la facilité est souvent semé d'épines et parfois bien douloureux.

Tarina, qui comprenait exactement ce que son père voulait dire, avait répondu en soupirant :

– Je voudrais tellement que Betty soit heureuse.

– Moi aussi, avait approuvé le vicaire. Si Betty avait été ma fille, j'aurais exigé de longues fiançailles. Je ne l'aurais pas poussée vers le mariage avec cette indécente précipitation et sans qu'elle ait eu le temps de prendre conscience de ce qu'implique l'état du mariage.

Se remémorant le passé, Tarina revit la vaste demeure et les nombreuses terres des parents de Betty ; malgré cela, ils n'étaient pas très riches, aussi avaient-ils été comblés lorsque leur fille unique avait épousé le représentant de la Couronne pour le comté, un homme occupant une position sociale des plus enviables et dont la fortune était des plus confortables.

– Betty aura tout, absolument tout dans la vie ! avait dit à Tarina sa tante Alice.

Ce n'est que plus tard, lorsqu'elle avait revu sa cousine à son retour de voyage de noces, que Tarina avait compris que Betty n'était pas heureuse et que l'importante position de son mari ne compensait en rien ses défauts.

Pour l'instant Tarina disait :

– Betty, ma chérie, tu es si adorable avec moi ! Je te promets qu'à l'avenir je ferai tout ce qui sera en mon pouvoir pour ajouter à ton bonheur.

– Mais je suis heureuse, protesta Betty. C'est merveilleux, Tarina, d'avoir tant d'argent, sans personne qui se plaigne de la façon dont tu le dépenses.

Tarina allait répondre que l'argent ne la rendrait jamais aussi heureuse que l'amour.

Mais elle songea que cette opinion était trop personnelle pour être énoncée et, de toute façon, si le marquis voulait tricher avec les sentiments de sa cousine, elle saurait le lui faire payer.

Tarina la connaissait bien et personne ne savait mieux qu'elle que Betty était non seulement un ange de douceur, mais à bien des égards un être très vulnérable.

Son impulsivité lui faisait accorder sa confiance à tous, avant même de les connaître, et Tarina avait constaté plus d'une fois que sa cousine se laissait facilement duper.

L'idée lui vint que le marquis était un personnage trop sophistiqué et trop plein de morgue pour quelqu'un comme Betty ; en somme, elle considérait qu'il n'était pas le genre d'homme que sa cousine devait épouser.

Autrefois, elle s'était bercée de l'idée que Betty épouserait un charmant jeune propriétaire terrien et que tous deux se livreraient aux plaisirs de la chasse, joueraient un rôle actif dans la vie du comté et trouveraient leur bonheur dans ces joies simples.

A présent, considérant la beauté de sa cousine, Tarina songea qu'il était inévitable qu'elle fasse fureur à Londres.

Bien qu'ignorante de ce qui faisait l'ordinaire du cercle des « habitués de Marlborough House », il eût fallu être sourde pour ne pas entendre, même dans la petite paroisse où elle avait vécu, les bruits qui couraient au sujet du prince de Galles.

Les commérages n'en finissaient pas sur ses engouements pour de célèbres beautés telles que Lily Langtry, lady Brooke, ou, en ce moment même, Mme Keppel.

On chuchotait également qu'il se rendait parfois seul à Paris, quand la princesse Alexandra était en voyage dans sa famille au Danemark.

De nombreux propos tenus sur le prince étaient jusque-là restés incompréhensibles pour Tarina, même lorsque les commérages étaient débités à voix suffisamment forte pour être distinctement entendus. Mais comme tout le monde, elle n'était pas sans savoir que la conduite du fils de Victoria se révélait indécente tant dans sa vie d'héritier du trône que dans sa vie d'homme marié.

Ce genre de nouvelles ne l'avait jamais vraiment intéressée et elle n'avait jamais imaginé qu'elle serait un jour mêlée à la vie de tels personnages.

Comment aurait-elle pu prévoir que Betty, sa cousine bien-aimée, serait amenée à croiser leur route ?

Elle comprenait, aujourd'hui, que des personnes aussi éminentes pouvaient se laisser séduire par une jeune femme ravissante, une jeune veuve qui avait soigné son vieil époux jusqu'à sa mort et qui avait porté un deuil strict, à l'étranger, dans la société alors fort sévère de l'aristocratie française.

Sans cesser d'écouter Betty, Tarina prit le thé après avoir avalé son omelette ainsi qu'un grand nombre des sandwiches et des délicieux petits fours disposés sur la table.

Comme si tous ces souvenirs avaient été refoulés en elle faute d'avoir une oreille à qui les confier,

Betty raconta à Tarina l'époustouflant succès qu'elle avait obtenu lors du premier bal auquel elle s'était rendue à son retour à Londres.

Cet événement avait provoqué une avalanche d'invitations jusqu'au jour où elle avait été priée d'assister à une réception à Marlborough House. Cette ascension avait été incroyablement rapide pour l'inconnue qu'elle était jusque-là.

– Le prince de Galles m'a complimentée, raconta Betty, la princesse Alexandra s'est montrée pleine de bienveillance à mon égard et j'ai dû renoncer à compter le nombre de personnes distinguées auxquelles j'ai été présentée.

Un sourire illuminait ses traits pendant qu'elle poursuivait :

– ... Lorsque je suis rentrée chez moi, la tête me tournait et tout ce dont je me rappelais le lendemain matin, c'était que le marquis d'Oakenshaw m'avait invitée à dîner le soir même! Il m'était difficile de croire que tout n'était pas le fruit de mon imagination.

– Tu devais être particulièrement en beauté ce jour-là, fit observer Tarina.

– C'est vrai, confirma Betty, et cela me rappelle que nous avons fort à faire. Viens, Tarina, nous devons nous mettre au travail, sinon je ne serai jamais prête pour le départ après-demain.

Elle agita une petite clochette dorée, posée sur la table; bientôt, la porte s'ouvrit, livrant passage à un valet, et Betty lança :

– Dites à Robinson de venir immédiatement dans ma chambre. James est-il allé à la gare chercher les bagages de miss Worthington?

– Oui, Milady. Il ne devrait plus tarder.

– Prévenez-moi dès son retour.

– C'est entendu, Milady.

Lorsque le domestique eut refermé la porte, Betty recommanda :

– Tu n'auras qu'à garder les petits souvenirs auxquels tu tiens, ma chérie; pour le reste de tes bagages, si tes vêtements ressemblent à ce que tu as sur le dos en ce moment, tout peut être mis au rebut.

Tarina s'écria :

– Mais ce serait du gaspillage!

– Tu changeras d'idée en voyant les robes que je te destine. Mais il n'y a pas lieu de tout déballer maintenant, tu n'as pas besoin d'autre chose que d'une petite robe pour ton arrivée sur le yacht. En outre, j'ai des chapeaux par douzaines et de toutes sortes, tu n'auras que l'embarras du choix.

Elle se leva d'un bond et tendit la main à Tarina.

– Viens! Je sens que dans cette pièce de théâtre nous aurons chacune notre rôle à jouer. Dans le passé, tu as toujours été un metteur en scène très avisé.

Toutes les deux coururent en riant, main dans la main, vers la chambre à coucher de Betty.

Le marquis fronça les sourcils; il détestait les impondérables plus que tout au monde et ne supportait pas de voir déranger les plans qu'il avait mûrement mis au point.

Ce soir-là, à Marlborough House, lord Rosebery le prit à part et le marquis s'inquiéta quelque peu de ce qu'il allait entendre.

– Quand partez-vous, Vivien? demanda le ministre des Affaires étrangères.

– Demain.

– Parfait! s'exclama lord Rosebery. J'ai une nouvelle faveur à vous demander.

Le marquis poussa théâtralement une série de gémissements.

– Encore une?

– Je le crains et j'espère que vous n'en prendrez pas ombrage.

– Je suis déjà fort contrarié.

– J'ai fait savoir au Premier ministre que vous étiez d'accord pour vous rendre au Siam et il vous en est très reconnaissant. Or, comme vous voyagerez sur votre yacht personnel, il demande si vous voudriez bien lui rendre un service.

– Dois-je accorder une ou deux faveurs? s'enquit le marquis d'une voix tranchante.

– Une seule, rassurez-vous, répondit lord Rosebery.

– J'écoute.

– Une parente du Premier ministre doit se rendre en Inde et celui-ci vous serait très reconnaissant d'avoir la gentillesse de l'y conduire confortablement.

Le marquis serra les mâchoires.

Il avait déjà choisi ses convives avec le plus grand soin et il n'avait aucune envie de se voir imposer une invitée de dernière heure, une intruse qui ne s'intégrerait peut-être pas au reste du groupe.

L'idée lui vint de prétendre que toutes les cabines étaient occupées et qu'il lui était impossible de trouver une place pour un passager supplémentaire, quand le pétillement qu'il remarqua dans les yeux de lord Rosebery lui fit demander:

– Qui est l'importune voyageuse?

Il n'y avait pas à se tromper sur le sens du sourire entendu qui flottait sur les lèvres du ministre quand il répondit:

– Il s'agit d'une personne qui souhaite aller rejoindre son mari à Calcutta: ce n'est autre que lady Millicent Carson!

Le marquis ne put s'empêcher de rire.

Il comprenait que le ministre ait voulu l'intriguer, lui qui était bien placé pour savoir que lady

Millicent Carson occupait depuis quelque temps déjà les pensées du marquis.

Lady Millicent Carson poursuivait en effet le marquis sans relâche, depuis bientôt un an.

Toutefois, son mari ayant dû conduire une mission diplomatique en Russie, elle l'avait accompagné là-bas, aussi avait-elle été séparée du marquis depuis plusieurs mois. Elle venait tout juste de rentrer à Londres.

Comme on peut l'imaginer, elle n'avait pas manqué au marquis mais, à mieux y penser, celui-ci se dit qu'il la reverrait avec plaisir. Il serait ravi de renouer avec un flirt qui s'en était tenu à quelques œillades et à des galanteries, mais qui n'en laissait pas moins espérer une certaine intimité dès que l'occasion se présenterait.

Il n'y avait rien d'étonnant à ce que lady Millicent, ayant appris son projet de voyage, ait fait présenter sa requête par le Premier ministre et le ministre des Affaires étrangères, au lieu de prendre directement contact avec lui. Elle avait toujours su faire preuve d'une grande habileté. Il devait le reconnaître, la démarche était subtile et il l'appréciait.

Aussi le sourire qui apparut sur ses lèvres était-il un rien narquois lorsqu'il répondit :

– Vous savez fort bien, Archibald, que je ne saurais refuser d'obtempérer à ce que je soupçonne être un ordre « hiérarchique ».

Le ministre eut un petit rire.

– Honnêtement, Vivien, je suis convaincu que vous n'avez aucune envie de refuser à Millicent l'hospitalité de votre yacht, encore que cela risque de compliquer quelque peu votre vie jusqu'à Calcutta. Mais, sur ce chapitre, je vous fais la plus entière confiance ; j'aimerais bien savoir combien de cordes vous avez à votre arc...

Le marquis détestait les allusions à ses succès auprès du « beau sexe », aussi parvint-il à prendre son air le plus dédaigneux pour répondre :

– Je ne vois vraiment pas de quoi vous voulez parler. En outre, je suis sûr que nous pourrons trouver une cabine pour lady Millicent à bord de la *Sirène des Mers*.

– Un nom parfaitement approprié, fit remarquer lord Rosebery, pince-sans-rire. Et merci encore, Vivien, pour la traversée que vous avez la bonté de proposer à Millicent. Je ne doute pas que le Premier ministre se montrera enchanté.

– Proposer ? s'exclama le marquis en haussant les sourcils.

Il n'entra pas plus avant dans les détails et ce n'est qu'une fois chez lui, alors qu'il était en train de rédiger des instructions à l'adresse de son secrétaire, que l'idée lui vint que, peut-être, lady Millicent se mettait en travers de son projet de conquête de lady Bradwell.

Les deux femmes étaient délicieusement belles, chacune rivalisait avec Vénus dans un genre non moins délicieusement différent.

Lady Millicent était grande et brune ; ses yeux lançaient des flammes ; son corps était tout en courbes et son attitude, perpétuellement sensuelle, était propre à faire perdre la tête à n'importe quel homme.

Le marquis n'était pas loin de voir lady Bradwell comme Tarina la voyait : l'incarnation d'une exquise féminité exaltée dans les portraits de Fragonard et, en même temps, un modèle de coquetterie typiquement française dans son comportement avec les hommes ; toutes qualités que le marquis était fort intrigué de trouver chez une femme aussi jeune.

– Je ne m'ennuierai probablement pas au cours

de ce voyage, se promit-il à voix basse. En tout cas, pas au début.

Grâce à l'embarquement imprévu de lady Millicent Carson, il y aurait autant de femmes que d'hommes à bord du yacht.

Hormis lady Bradwell, le marquis avait invité deux amis de longue date; il pouvait compter sur eux pour se montrer charmants et d'humeur égale; il nourrissait à leur égard une profonde et très sincère affection.

Lady Loraine et son mari n'étaient pas très fortunés et le marquis, qui les aimait tous deux, savait à quel point ils appréciaient son hospitalité.

Aussi donnait-il rarement une réception, à la campagne ou à Londres, sans les compter parmi ses invités.

Il ne doutait pas qu'Elspeth Loraine aplanirait toutes les difficultés qui pourraient se présenter. Elle n'avait pas sa pareille pour cela et jouerait le rôle d'hôtesse à la perfection.

Son mari était un excellent bridgeur, un conteur amusant et plein d'esprit. Le marquis aimait tout particulièrement être entouré de ce genre d'amis. Il montrait la même sympathie pour Harry Prestwood, et aimait du reste toujours sa compagnie; c'était bien Harry qui tenait la plus grande place dans sa vie.

Harry était toujours fauché, son père, huitième baronnet du nom, s'était en effet lancé dans le jeu sur le tard, après un accident de chasse qui l'avait laissé invalide.

— Lorsque mon père disparaîtra, avait confié Harry au marquis d'un ton désespéré, j'aurai bien de la chance s'il m'échoit le shilling proverbial! Mon cher père ferait tout aussi bien de me le donner tout de suite... On n'en parlerait plus!

– N'est-il pas possible de l'empêcher de jouer de façon aussi extravagante? avait interrogé le marquis.
– Comment? avait répliqué le malheureux Harry. Il passe ses journées à maudire le sort qui l'empêche de monter à cheval ou de quitter le fauteuil dans lequel on le transporte tant bien que mal hors de sa chambre tous les matins. Lorsqu'il s'ennuie, il parie sur tous les outsiders, ou se lance à corps perdu dans des projets qui doivent lui faire faire fortune sur-le-champ. En un mot, il passe son temps à jeter par les fenêtres le moindre shilling que nous possédons.
– As-tu parlé à ton avocat?
– Il ne peut rien faire. Aussi longtemps que mon père sera vivant, il dépensera son argent. Par chance la maison et le domaine sont inaliénables, mais tout tombe en ruine faute d'entretien. Sinon, tout le reste est à lui!
Comme le marquis aimait beaucoup Harry, il avait demandé à ses propres avocats de faire une enquête discrète sur la situation.
Ceux-ci n'avaient malheureusement pu que lui confirmer ce que lui avait déjà dit Harry.
Sir Roger pouvait gaspiller tout ce qu'il possédait sans que personne ne puisse intervenir; en outre il avait déjà des dettes.
– Il achète des billets de toutes les maudites loteries dont il entend parler, s'était plaint Harry, et, à ma connaissance, il n'a jamais gagné, même pas la plus misérable bouteille de bière.
– Je suis vraiment désolé, avait répondu le marquis avec compassion.
– Je suis bien assez navré moi-même! avait repris Harry. Si tu n'étais pas là, Vivien, je renoncerais, j'irais m'engager comme bûcheron au Canada ou en Australie.

– Peut-être pourras-tu faire quelque chose à la mort de ton père!

– J'en doute, avait rétorqué Harry; je crains qu'il n'y ait alors plus qu'à laisser la maison s'écrouler. Il faudrait des milliers de livres pour la restaurer aujourd'hui, vu son état.

Le marquis prenait sincèrement part aux soucis de son ami d'autant qu'il en connaissait bien la fierté.

Il avait voulu lui offrir son aide et lui avait un jour proposé de l'argent, mais Harry, presque en colère, avait catégoriquement refusé.

– Si tu penses que je pourrais vivre à tes crochets comme tous ces parasites qui frappent à ta porte jour et nuit, avait-il répondu abruptement, tu te trompes lourdement!

Sa voix s'était faite grave quand il avait poursuivi :

– ... Je t'aime beaucoup, Vivien, et depuis toujours; nous sommes amis depuis nos années d'université à Eton, mais je ne veux t'être redevable de rien et je ne veux pas de ta charité. Que cela soit bien clair une fois pour toutes!

Le marquis n'avait pas poursuivi; il s'était contenté de dire à Harry combien il appréciait sa compagnie et qu'il n'espérait pas autre chose que de le voir tous les jours.

Cela signifiait que Harry n'aurait pas à s'inquiéter de savoir où il trouverait à manger chaque jour; il pourrait aussi à sa guise monter les superbes chevaux du marquis.

Il habitait un petit logement près de Piccadilly, mais le plus souvent, il séjournait à la campagne chez le marquis, l'accompagnait à son pavillon de chasse dans le Leicestershire ou encore partait à la pêche ou à la chasse au grouse avec lui en Ecosse.

Leur intimité les faisait inviter ensemble par les

relations du marquis. C'était en somme dans l'ordre des choses.

Les maîtresses de maison étaient ravies de compter deux des plus séduisants célibataires à leurs soirées; seules les mères ambitieuses et nanties de jolies filles à héritage tenaient Harry Prestwood à l'écart.

Sachant Harry libre à ce moment-là et ne lui connaissant pas d'intérêt particulier à Londres, le marquis n'avait pas pensé à inviter une femme pour le divertir à bord du yacht.

Il se dit, à part lui, que jusqu'à l'arrivée à Calcutta, Harry pourrait le débarrasser, suivant le cas, de lady Millicent ou de lady Bradwell.

Lady Millicent arrivée à destination, lui-même pourrait se consacrer exclusivement à lady Bradwell et il ne doutait pas de ce que seraient les sentiments de la jeune femme à ce moment-là.

– Je suis sûr que tout s'arrangera pour le mieux, murmura-t-il pour lui-même.

Il ne parvenait pourtant pas à se débarrasser du malaise qu'il ressentait d'avoir été pratiquement contraint d'accepter une invitée de plus à bord de la *Sirène des Mers*.

En se mettant au lit ce soir-là, il songea qu'en dépit du manque d'enthousiasme qu'il manifestait pour quitter l'Angleterre en cette période de l'année, une croisière vers le soleil lui donnerait peut-être cette sensation d'aventure à laquelle le ministre des Affaires étrangères avait fait allusion.

– La perle rare ou une étoile... se répéta-t-il dans sa solitude.

Puis il se prit à rire; tout cela était bien improbable...

3

En route pour Southampton, Tarina avait tout à fait l'impression d'être en train de vivre une pièce de théâtre dont elle aurait été l'auteur.

A la mort de sa mère, tandis qu'elle se débattait dans les travaux du ménage, avec l'aide unique d'une jeune fille, plutôt sotte, du village, elle avait pris l'habitude de se raconter des histoires pour se changer les idées.

Elle imaginait chaque fois des aventures qui l'entraînaient dans des régions exotiques, à tous les coins du monde.

Souvent, au repas, elle interrogeait son père sur les pays qu'elle avait visités en imagination.

Le vicaire avait été un grand voyageur dans sa jeunesse; il était également très instruit et disposait d'une vaste bibliothèque où l'on pouvait puiser des livres traitant des sujets dont ils s'entretenaient ou des pays auxquels s'intéressait la jeune fille, et ils les consultaient ensemble.

Tarina avait donc appris des quantités de choses sur les coutumes et les caractéristiques des habitants de nombreux pays lointains.

Elle avait toujours considéré le Siam comme le plus mystérieux, le plus intéressant et peut-être le plus typiquement oriental des pays d'Asie. Mais jamais, même dans ses rêves les plus fous, elle n'aurait imaginé avoir un jour la chance de s'y rendre.

Pour le moment, confortablement installée dans un compartiment de seconde, réservé pour elle, à titre de camériste, par le secrétaire du marquis, Tarina avait presque l'impression que le train qui l'emportait était un tapis volant.

Son seul souci consistait à espérer que le génie responsable de ses déplacements, autrement dit le marquis, ne se révélerait pas trop insupportable.

Plus Betty lui en parlait, plus il lui paraissait désagréable à bien des égards, gâté et, selon la propre expression de sa cousine, « prétentieux » : elle était certaine qu'il lui déplairait au premier regard.

Naturellement, Betty était si excitée à l'idée d'être invitée par le marquis d'Oakenshaw qu'elle ne parlait guère d'autre chose.

– J'avais même entendu parler de lui quand j'étais encore à Paris, raconta-t-elle à Tarina. Les Français sont très impressionnés par les Anglais qui ont de bonnes écuries, et plus encore par leurs ancêtres et leur position sociale.

Tarina se mit à rire.

– Maman disait toujours que les Français sont des snobs.

– C'est la vérité! approuva Betty. Pendant mon séjour en France, je n'ai pu rencontrer que des aristocrates; par chance, certains d'entre eux étaient jeunes et pleins d'ardeur.

– Ne s'en est-il pas trouvé quelques-uns pour te demander en mariage? s'enquit Tarina.

– Je ne suis pas de religion catholique, en outre, la plupart des Français « possibles » étaient déjà mariés, aussi n'ai-je eu qu'une seule proposition de mariage, répondit Betty.

Elle riait en ajoutant :

– ... Je suis certaine que si j'avais accepté cette unique demande, formulée par un adolescent imberbe, le père, la mère et les grands-parents auraient tous refusé leur consentement.

– Redoutable opposition en effet, fit observer Tarina. De toute façon, je suis sûre que tu seras plus heureuse en épousant un Anglais.

– Je n'en doute pas une seconde, approuva Betty.

Un petit sourire flottait sur ses lèvres et Tarina aurait parié que sa cousine pensait au marquis.

Elle pria donc le ciel pour qu'il se révèle plus aimable qu'elle ne l'imaginait au travers des propos que Betty tenait sur son compte.

En arrivant à la gare de Waterloo, elle apprit qu'une voiture particulière, réservée aux invités du marquis, avait été ajoutée au train.

Pendant qu'un valet l'escortait jusqu'à sa place, réservée dans le wagon voisin, Tarina entraperçut deux très belles femmes enveloppées dans des peaux de zibeline et accompagnées par plusieurs messieurs vêtus de pardessus à col de fourrure.

Il faisait un froid de loup et il avait neigé la veille aussi, Tarina était-elle très reconnaissante à sa cousine de lui avoir donné cette grande cape doublée de fourrure.

Après avoir rapidement fouillé dans les malles déposées dans sa chambre, le temps de dénicher une petite robe noire qui lui convienne, Tarina s'était inquiétée du manteau qu'elle pourrait porter.

Elle était donc allée trouver Betty.

– Dans les malles que tu m'as données, tout est tellement bien enveloppé dans du papier de soie que je ne voudrais pas tout déranger : je suis à la recherche d'un manteau. Crois-tu que tu pourrais demander à tes servantes de se souvenir exactement de l'endroit où elles ont rangé les vêtements de ce genre?

— Ne t'en fais pas pour cela, avait répondu Betty, j'ai ce qu'il te faut.

Elle était allée dans sa chambre et en avait ramené une cape de voyage dont la doublure, le col et la bordure étaient d'hermine.

C'était du très beau travail de fourreur; de toute évidence, la cape avait dû coûter fort cher.

— Je ne peux accepter un vêtement aussi somptueux, avait objecté Tarina.

— Ne sois pas bête! avait rétorqué Betty. Je ne la porterai jamais plus. Je me la suis offerte l'an dernier avant de partir pour la France; même là-bas, tout le monde la trouvait élégante, elle t'ira à merveille.

Muette de saisissement à l'idée de posséder une parure aussi précieuse, Tarina s'était enveloppée dans la cape et avait pu constater que si le noir était la couleur la plus convenable pour une cameriste, il était aussi le meilleur faire-valoir pour la blancheur de son teint et le roux de sa chevelure.

Son bon sens lui souffla toutefois que la dernière chose à faire était bien d'attirer l'attention sur elle.

Aussi avait-elle ramené ses cheveux en un lourd chignon sur la nuque et choisi pour le voyage le chapeau à brides le plus ordinaire qu'elle pût trouver dans la collection de sa cousine.

Malgré cela, elle avait la désagréable impression de ne pas avoir l'air d'une femme de chambre; elle espérait que sa prétendue nationalité française serait une réponse suffisante à ceux qui se poseraient des questions à son sujet.

La veille au soir, elle avait dit à Betty:

— J'en suis arrivée à la conclusion que le plus

sage serait de dire que je suis moitié française, moitié anglaise. Ma chérie, ce serait la meilleure façon de répondre aux curieux.

– Pourquoi? s'était enquise Betty.

– Il est tellement facile d'oublier son accent quand on parle, avait répondu Tarina. Si quelqu'un venait à me poser la question, ce qui est peu probable, je préférerais dire que ma mère était anglaise, mon père français, et que j'ai vécu dans ce pays pendant des années.

– Bien sûr, c'est très judicieux, avait accepté Betty. Tu es intelligente et fine, Tarina. Je savais bien que tu te mettrais sans peine dans la peau du personnage.

– Touchons du bois! s'était exclamée Tarina.

– J'ai déjà touché du bois pour mon propre compte, avait dit Betty. Si ton rôle te donne le trac, imagine ce que me procure le mien...

– Je ne comprends pas, avait répondu Tarina. Aucune des invitées ne te surpasse en beauté.

– Il ne s'agit pas de mon apparence, avait répondu Betty, mais j'ai peur de me retrouver avec un petit cercle de gens qui ont leur humour propre, leurs goûts et leurs aversions propres et, ce qui est encore plus important, leurs souvenirs communs.

Après avoir considéré Tarina, pour voir si elle suivait le cheminement de sa pensée, elle avait ajouté :

– ... Je constituerai l'exception, je serai l'intruse parmi eux et, très franchement, je me sens comme une « nouvelle » à l'école.

Tarina avait ri.

– Pourquoi ne pas annuler ton voyage, pourquoi ne pas rester à Londres, où tu as déjà un succès fou? Tu accepterais les invitations qui s'accumulent sur ton secrétaire...

– Je peux te répondre en deux mots, avait vivement répondu Betty.

– Lesquels ?
– Le marquis d'Oakenshaw !

Tarina retournait cette conversation dans son esprit tandis que le train filait à travers champs ; tout était blanc après les récentes chutes de neige et la jeune fille ne pouvait s'empêcher de songer que Betty risquait d'être fort désappointée.

C'était peut-être parce que du sang autrichien et du sang celte coulaient dans les veines de Tarina, ou bien parce qu'elle avait mené une existence très solitaire ? Elle sentait d'instinct – son père disait qu'elle avait de l'intuition – ce qui se cachait sous l'apparence des choses.

– Nous n'utilisons pas assez notre intuition, avait un jour dit le vicaire. Avec la civilisation, les gens sont devenus paresseux. Dans le passé, l'homme, comme les animaux, savait pressentir le danger ; il se laissait rarement abuser par des paroles quand il pouvait lire dans l'âme de celui qui les prononçait.

– Sais-tu te servir de ton intuition, papa ? avait interrogé Tarina.

– J'essaie, ma chérie, avait répondu le vicaire, et ce que je découvre m'épouvante bien souvent.

Si elle se fondait sur les confidences de Betty au sujet du marquis, l'intuition de Tarina lui soufflait qu'il ne valait pas la peine que sa cousine se donnât pour lui plaire.

« S'il ne sait pas voir que Betty est simple, charmante et naturelle, pensa loyalement Tarina, plus vite il l'oubliera et mieux cela vaudra ! »

Elle murmura pour elle-même :
– S'il recherche des femmes sophistiquées et exotiques, il devra chercher ailleurs.

Elle n'avait qu'une vague idée de la façon dont

pouvaient se comporter les femmes sophistiquées, nimbées d'un parfum d'exotisme, mais ses très nombreuses lectures lui avaient donné la preuve qu'il y a toujours des Dalila de par le monde.

On y trouvait aussi des sirènes, des ensorceleuses, des sorcières et des coquines; c'est ce qu'elle avait appris, toujours grâce aux ouvrages dont la bibliothèque paternelle regorgeait.

Ces livres appartenaient à son père qui les tenait lui-même de son propre père, et Tarina avait eu le cœur brisé lorsqu'elle avait dû les vendre.

Comme ils étaient anciens pour la plupart, le libraire les avait jugés « démodés ».

Il lui en avait offert si peu qu'un instant, elle avait caressé l'idée de les conserver.

C'est avec désespoir qu'elle avait compris très vite que ses moyens ne lui permettaient même pas de les mettre au garde-meuble.

D'ailleurs, si le nouveau vicaire ou un fermier du voisinage lui avaient permis de les stocker dans une grange inutilisée, les rats ou les souris n'auraient pas tardé à les grignoter, ou peut-être l'humidité en aurait eu raison.

Se séparer des livres de son père lui avait coûté davantage que de renoncer à tout ce qui avait fait sa vie jusque-là.

Elle avait passé de si longues heures absorbée dans la lecture de ces ouvrages! Ils lui avaient ouvert des horizons sur des mondes qu'elle n'avait jamais visités et ne connaîtrait jamais, mais qui lui étaient devenus familiers, car la description qu'elle en avait lue restait gravée dans sa mémoire.

« Je me demande si le marquis dispose d'une bibliothèque sur son yacht? » se demanda-t-elle; puis elle pensa avec regret que c'était bien improbable.

Sa réputation de grand sportif laissait en effet

présager qu'il ne devait pas être un grand lecteur.

Les domestiques du marquis avaient déposé dans le compartiment de Tarina un panier garni de victuailles et, quand vint l'heure du déjeuner, elle s'en délecta jusqu'à la dernière bouchée.

Le voyage lui paraissait long jusqu'à Southampton et, tout en se demandant ce que Betty pouvait bien faire au même instant, elle ne put s'empêcher de penser que leur enthousiasme à l'idée d'aller au Siam était très différent.

De son côté Betty ne manqua pas d'être quelque peu dépitée lorsqu'elle vit lady Millicent Carson : elle était de ces femmes dont la beauté l'avait toujours intimidée.

Les propos du marquis et son regard insistant, lorsqu'il l'avait invitée, avaient laissé supposer à Betty qu'elle serait le seul centre d'intérêt, à ses yeux, au cours du voyage.

Par conséquent, quand lady Millicent fit irruption dans le compartiment, quelques minutes seulement avant le départ, Betty ne put faire autrement que de la dévisager, les yeux agrandis par la surprise.

Tout comme Tarina, elle l'avait aperçue sur le quai. Mais, au lieu de se mêler aux invités, la jeune femme s'était éloignée au bras d'un grand jeune homme séduisant qui, manifestement, ne faisait pas partie du voyage.

Ils paraissaient avoir des quantités de choses à se dire et, quand lady Loraine avait suggéré, à la ronde, qu'il était grand temps de monter en voiture, Betty était certaine que lady Millicent ne les accompagnerait pas.

On fermait les portières et le chef de train était sur le point de siffler en agitant son drapeau rouge, quand celle-ci fit son entrée dans le compartiment à la façon d'une grande actrice entrant en scène.

Le marquis, alors assis à côté de Betty, s'était levé précipitamment tandis que lady Millicent s'exclamait :

– Je vous en supplie, trouvez-moi une place confortable! Surtout pas sur les roues! Je suis si fatiguée en ce moment que je ne pourrais supporter cet inconvénient!

Le marquis l'aida à s'installer dans un des moelleux fauteuils du compartiment aménagé en petit salon, puis, au vif dépit de Betty, il prit place aux côtés de celle qui venait d'arriver.

– Je suis enchanté d'avoir l'occasion de m'occuper de vous pendant votre voyage jusqu'en Inde, fit-il.

Betty, qui connaissait à présent la destination de lady Millicent, écouta avec la plus grande attention lorsque cette dernière répondit :

– Je suis infiniment reconnaissante à Votre Seigneurie et, naturellement, j'ai fait savoir à mon mari, par courrier, combien vous vous étiez montré aimable.

Betty poussa un soupir de soulagement.

Ainsi, lady Millicent Carson était mariée!

Cette nouvelle l'enchanta et un sourire vint flotter sur ses lèvres, quand un séduisant personnage s'assit dans le fauteuil précédemment occupé par le marquis.

– Mon nom est Harry Prestwood, se présenta-t-il, je suis un des plus vieux amis de Vivien.

– Il m'a déjà parlé de vous.

Betty songea que Harry Prestwood était un très bel homme et trouva immédiatement sa conversation agréable.

– Parlez-moi de vous, suggéra Harry. Vivien m'a appris que vous aviez vécu en France, ce qui était une bénédiction pour ce pays et une grande perte pour nous.

Un léger sourire creusa des fossettes dans les joues de Betty.

— C'est très aimable à vous, dit-elle, mais je suis ravie d'être de retour en Angleterre, et plus encore de partir pour ce merveilleux « voyage d'exploration ».

Harry se mit à rire.

— A vous entendre, on croirait que nous partons pour une véritable expédition.

— Ce sera sûrement le cas puisque nous nous rendons au Siam, pays surprenant, aussi étrange qu'exotique.

— Je suis d'accord avec vous sur ce point, approuva Harry, et, tout comme pour vous, c'est la première fois qu'il me sera donné de visiter ce pays.

— J'en suis heureuse, répondit Betty. Ainsi, je ne me sentirai pas trop ignorante en posant mille et mille questions. Je suis sûre que les choses fascinantes à voir ne manqueront pas.

Elle semblait si jeune et si sincère que Harry ne put s'empêcher de s'écrier :

— Voilà comment il faut être! J'en ai assez des gens que tout assomme parce qu'ils ont déjà tout vu et tout fait. Malheureusement, c'est là trop souvent l'attitude de notre hôte.

— Il pourra peut-être nous apprendre ce que nous désirerons savoir, fit remarquer Betty.

— Encore faudra-t-il poser les questions!

Les yeux de Harry se mirent à pétiller comme s'il se moquait, mais Betty comprit à son regard qu'il l'admirait sincèrement, et elle se sentit plus sûre d'elle et moins nerveuse.

Tarina l'avait remarqué à leur départ de Belgrave Square : Betty était adorable dans sa robe de voyage bleue, comme ses yeux. Sa cape était d'une teinte à peine plus foncée, doublée et bordée de zibeline.

Ses oreilles délicates étaient ornées de saphirs et elle portait au doigt une bague sertie d'un saphir énorme.

– Vous ressemblez à une porcelaine de Saxe, dit tout à coup Harry.

A nouveau, deux fossettes se creusèrent dans les joues de Betty comme chaque fois qu'elle souriait, et il ajouta :

– ... J'imagine que vous avez déjà entendu cela cent fois.

– Quatre-vingt-dix-neuf pour être précise...

Il rit.

– Voilà que vous m'obligez à essayer de vous dire des choses vraiment originales.

– J'attends...

Dans l'autre partie de la voiture, lady Millicent regardait le marquis du coin de l'œil – Betty remarqua d'ailleurs qu'elle avait les yeux légèrement bridés.

– Je commence à croire que c'est le destin qui a voulu que nous soyons tous deux obligés de quitter l'Angleterre aussi soudainement, déclara-t-elle au marquis.

– Pourquoi dites-vous cela? demanda-t-il.

– En apprenant la nomination de Roderick en Inde, j'ai pensé avec désespoir que je ne vous reverrais plus jamais.

– Et cela vous tourmentait?

– S'il est une chose que je déteste par-dessus tout, expliqua lady Millicent, c'est d'être intriguée par les deux premières pages d'un roman, puis de me retrouver dans l'impossibilité de connaître la suite.

– Nous avons près de trois semaines pour découvrir ce qui se passe au prochain chapitre.

— Est-ce que cela suffira ? Cela dépend de vous naturellement...

— J'aurais pensé que cela dépendait de nous deux, repartit doucement le marquis.

Elle lui jeta un regard provocant et fit une petite moue aguichante.

Le marquis songea qu'il était difficile d'imaginer femme plus belle, plus attirante, et déployant plus subtile et fascinante séduction.

Pourtant, lorsqu'il regardait lady Bradwell, il se disait que sa beauté blanche et rose était aussi fraîche que celle d'une fleur.

Une fois de plus, il se prenait à se comparer à Pâris entouré de merveilleuses déesses.

Quoi qu'il en soit, lorsqu'ils montèrent à bord de la *Sirène des Mers* qui les attendait à Southampton, le marquis comprit sans détour que, même s'il le souhaitait, il lui serait très difficile d'échapper à lady Millicent.

S'il n'avait pas encore pris de décision à son sujet, il en allait tout autrement pour elle.

Il réalisait que, tout comme elle avait manœuvré pour être de ses invités, elle manœuvrait pour l'amener à devenir son amant avant l'arrivée à Calcutta.

Il était bien sûr disposé à jouer le rôle qu'on souhaitait lui voir tenir mais il se demandait ce qu'il devait faire de lady Bradwell qui l'attirait autant, sinon plus, que lady Millicent.

Il en vint à se dire qu'après le départ de lady Millicent, il se consacrerait tout entier à Betty pendant leur séjour au Siam et durant tout le voyage de retour.

Lorsque tous ses invités furent installés dans leurs cabines, le marquis se retrouva seul avec Harry dans son sanctuaire privé, mitoyen de sa chambre à coucher.

— Je dois reconnaître, Vivien, commença Harry, que tu t'es surpassé. Réussir à avoir à son bord deux des plus belles femmes que j'aie jamais vues, bravo!

— Je suis assez fier de moi, reconnut le marquis.

— Elles sont toutes deux exquises de beauté, insista Harry, mais j'ai l'impression qu'on a attribué à lady Millicent le rôle de la traîtresse quand lady Bradwell est indiscutablement l'héroïne.

Le marquis sourit.

— Je compte sur toi, Harry, pour divertir l'une pendant que je serai occupé avec l'autre.

— J'avais deviné que ce serait sans doute là mon sort, répondit Harry. Mais, pour une fois, Vivien, je suis prêt à te rendre ce service et à jouer sans la moindre répugnance le rôle que tu m'as dévolu.

— Merci! lança railleusement le marquis. J'ignorais que tu pouvais faire la fine bouche sur ce chapitre.

— Pas dans le cas qui nous occupe, confirma Harry, mais, dans le passé, j'ai vu trop souvent tes laissées-pour-compte venir pleurer sur mon épaule pour ne pas en tirer une leçon : je ne serai pas plus le futur marié que le garçon d'honneur!

— Pauvre Harry! La prochaine fois que nous partirons à l'aventure, je te promets d'inviter une femme qui ne sera que pour toi.

— Je ne te remercie pas, répondit sèchement Harry. J'en ai fait l'expérience dans le passé, et je peux t'assurer que j'éprouve chaque fois une grande frustration à réaliser qu'en ta présence le sexe faible ne me considère pas autrement que comme un pis-aller.

Le marquis ne put s'empêcher de rire avant de répondre :

— Ne joue pas les trouble-fêtes, Harry. Tu sais que

je compte sur toi et, de toute façon, ce n'est pas moi qui ai invité lady Millicent. Elle m'a été imposée.

– Je sais, je sais, reconnut Harry, mais c'est une redoutable chasseresse et, quand elle aura sorti ses griffes, tu auras peut-être du mal à t'échapper.

Le marquis ne fit pas de commentaire et se contenta de prendre une mine cynique.

Harry n'était pas sans le savoir : la persévérance d'une femme importait peu, aucune n'avait réussi à mettre le grappin sur le marquis; il savait déjouer tous les pièges, même les plus redoutables.

Le marquis se leva de son fauteuil.

– Cessons de parler des femmes, Harry, dit-il, viens plutôt admirer mon yacht. Tu n'as pas encore tout vu et je pense que nous aurons le temps de monter sur le pont avant de dîner; nous le verrons ainsi quitter le port.

– C'est d'accord, approuva Harry. Et puis-je te dire, avant que tu ne me le demandes, que je trouve la *Sirène des Mers* absolument magnifique? Je ne peux que te féliciter de ta dernière acquisition.

Si Harry était impressionné par la *Sirène des Mers*, pour Tarina, c'était une véritable révélation.

Jamais elle n'avait imaginé qu'un yacht pouvait être aussi grand, aussi beau et aussi confortable.

Son père l'avait souvent fait rire lorsqu'il lui parlait de l'inconfort des navires sur lesquels il avait embarqué dans sa jeunesse, mais Tarina avait toujours souhaité naviguer.

Depuis qu'elle avait mis le pied sur la *Sirène des Mers* – à la suite des invités du marquis, et en même temps que les domestiques venus eux aussi de Londres par le train –, Tarina se répétait que le yacht était comme une maison parfaitement aménagée.

« La seule différence, songea-t-elle, c'est que

cette maison ne reste pas fixe mais se déplace sur l'eau. »

Les constructeurs n'avaient livré la *Sirène des Mers* qu'un mois plus tôt et Tarina savait par Betty que le marquis en avait arrêté personnellement tous les détails; il avait même inventé des dispositifs que l'on ne trouvait sur aucun autre yacht au monde.

Pendant le trajet de la gare au port, que Tarina avait fait en compagnie du valet de chambre du marquis, celui-ci lui avait raconté que c'était son maître qui avait dressé les plans et supervisé à tous les niveaux la construction et la décoration du yacht.

– Sa Seigneurie est un perfectionniste, avait-il expliqué avec fierté. Y s'attend à c'que tout soit parfait et malheur à c'ui qui fait pas comme y veut.

– Il aime manifestement la qualité, avait répondu Tarina avec un sourire.

– Ça c'est b'en vrai! avait approuvé le valet de chambre. Et vous allez comprendre mieux c'que j'veux dire quand vous allez découvrir c'qui possède d'autre.

Il lui avait adressé un sourire entendu avant d'ajouter :

– ... D'après c'que j'ai entendu dire, ça c'est couru d'avance!

– Que voulez-vous dire? avait interrogé Tarina avec curiosité.

– Ben, vot' Lady c't'un bien beau brin d'femme, avait expliqué le valet de chambre, et c'est comme ça qu'Sa S'gneurie les aime.

Jugeant qu'il se montrait impertinent, Tarina s'était instinctivement raidie.

Puis elle avait pensé que les domestiques devaient tout naturellement parler ainsi de leurs maîtres.

– Au fait, avait repris le valet de chambre, j'm'appelle Hunt et j'me d'mandais, vu qu'vous êtes du genre française, comment qu'j'dois vous app'ler.

– Pourquoi pas « Mademoiselle » ?

– Ça s'ra plus facile, avait répondu le valet de chambre. J'suppose qu'c'est parc'qu'vous êtes du pays des grenouilles qu'vous r'semblez pas du tout aux femmes de chambre qu'j'ai déjà vues avant ça ?

Comme elle ne tenait pas à faire de confidences à Hunt, Tarina s'était empressée de demander :

– J'espère, monsieur Hunt, que vous allez m'apprendre le nom des autres invités. Avant de monter en voiture, j'ai aperçu deux très belles dames à la gare de Waterloo.

Hunt, tout heureux d'être au courant des affaires de son maître, avait aussitôt débité tous les noms des invités.

– C'sont pour la plupart d'vieux amis, avait-il ensuite expliqué, à l'exception d'Lady Millicent Carson qu'Sa S'gneurie connaît pas d'puis longtemps puis, bien sûr, d'vot'Lady à vous.

Il avait gardé le silence un instant avant d'ajouter en riant :

– ... J'tais grand'ment surpris d'voir Lady Millicent s'joindre à nous à la dernière minut'. J'pensais qu'Sa S'gneurie allait s'concentrer sur vot' maîtresse. J'aurais juré qu'plus rien chang'rait jusqu'au jour avant l'jour précédent d'hier.

Mais Tarina était résolue à ne pas poser de questions au sujet du marquis.

Elle savait que les domestiques bavardaient et, comme le disait sa mère, on ne pouvait absolument rien leur cacher.

En outre, elle trouvait désagréable de s'occuper de ce qui ne la regardait pas.

A en juger par les propos du valet de chambre,

elle pressentait que lady Millicent pouvait représenter un danger pour sa cousine Betty.

– De qui lady Millicent est-elle la fille? avait demandé Tarina.

– Du comte de Hull, avait répondu le valet de chambre, et son mari, c'est Sir Roderick Carson, c'ui qui est dans les Services diplomatiques.

Tarina avait écarquillé les yeux.

– Elle est mariée?

– Pour sûr qu'elle est mariée, avait confirmé Hunt. Sa S'gneurie fréquente jamais des femmes pas mariées.

Tarina trouvait cela bien étrange en vérité.

Puis, songeant que le marquis était beaucoup plus âgé qu'elle-même, elle avait supposé qu'il trouvait les jeunes filles assommantes.

– J'me dis souvent qu'j'espère que l'maît's'mariera jamais, marmonnait le valet de chambre. Y dit qu'y veut rester célibataire, mais vous devriez entendre certains d'ses parents qui l'supplient quasiment à g'noux d'faire un héritier et d's'caser.

Il avait ri avant d'ajouter :

– ... C'est tout pareil qu'un mélodrame, pas?

– Comment savez-vous tout cela? avait demandé Tarina.

– Des fois, quand y manque du monde, j'sers à table, avait expliqué Hunt. Surtout quand qu'on est au pavillon d'chasse ou en Ecosse.

Il avait eu un large sourire avant de reprendre :

– ... La noblesse s'conduit toujours comme si les serviteurs c'est tous des sourds et des muets. Moi, j'dresse toujours les oreilles, vu qu'ça m'amuse.

– Ainsi vous croyez que votre maître ne se mariera jamais?

– Y s'f'ra bien attraper un d'ces jours, tôt ou tard, avait répondu Hunt, mais y faudra qu'elle soit

drôlement maligne. Comme j'le dis toujours :
« C'est l'oiseau du grand matin qui attrape le
ver! »

Il avait de nouveau éclaté de rire et Tarina s'était
sentie au bord du découragement.

Si le marquis ne souhaitait pas se marier, pourquoi avait-il invité Betty pour un aussi long voyage ?

« Il changera d'avis, il faut qu'il change d'avis! »
avait-elle pensé.

Elle avait conscience au fond d'elle-même que
son intuition lui soufflait que Betty serait déçue,
que le marquis, une fois de plus, s'échapperait.

Pourtant, quand Betty lui répéta que le marquis
avait affirmé que la cabine qu'elle occupait était la
plus spacieuse et la plus confortable après la sienne, Tarina avait senti l'espoir renaître.

La cabine de Betty était en effet meublée d'un
grand lit aux tentures de soie bleue; on aurait dit
que leur couleur avait été spécialement choisie
pour faire ressortir les yeux de Betty et sa chevelure blonde.

Le tapis était un parterre de roses nouées de
rubans bleus et les deux cousines poussèrent des
cris de ravissement à la vue des penderies encastrées.

– Comment un homme a-t-il pu concevoir quelque chose d'aussi astucieux ? demanda Tarina.

On avait déposé une malle dans la cabine de
Betty – les deux autres attendaient sagement dans
la coursive – et Tarina entreprit de la défaire.

Betty s'allongea sur le lit et s'adossa contre les
oreillers.

– Dieu merci, j'ai apporté suffisamment de robes
pour n'avoir jamais à mettre la même deux fois
pendant le voyage ! s'exclama-t-elle. Je porterai
d'abord les plus belles pendant que lady Millicent

est encore à bord. Je vois bien qu'elle est comme le serpent dans le jardin d'Eden!

Tarina était du même avis mais, sur un ton rassurant, elle répondit :

– Ne te fais aucun souci à son sujet. Après tout elle est mariée et elle se rend aux Indes pour rejoindre son mari.

– Mais elle essaie déjà de m'enlever le marquis! protesta Betty.

Les yeux écarquillés, Tarina fit volte-face et dévisagea sa cousine.

– Comment ose-t-elle? Alors qu'elle est déjà mariée?

Il y eut un petit silence, puis Betty expliqua posément.

– Elle peut flirter avec lui. Le mariage n'empêche pas une femme de le faire.

– Eh bien, c'est dommage! coupa Tarina.

Sur ce, elle prit une robe dans la malle et la suspendit dans la penderie.

Quand le marquis redescendit du pont afin de se changer pour le dîner, il entendit des rires provenant de la cabine voisine de la sienne où, à dessein, il avait installé lady Bradwell.

Les éclats de rire étaient frais, naturels, non contenus.

Il les écouta un moment puis pensa que cela le changeait du rire artificiel de lady Millicent et des autres beautés sophistiquées qu'il avait l'habitude de fréquenter.

Il avait toujours l'impression que ces dames pratiquaient le rire de façon qu'il paraisse musical et, bien sûr, aguichant.

Par contre, ce qu'il entendait en ce moment même était le signe de la gaieté de deux jeunes personnes riant librement et sans retenue.

Un instant, il se demanda qui pouvait se trouver avec Betty Bradwell, puis il s'avisa que ce devait être sa femme de chambre.

Il avait trouvé son insistance pour se faire accompagner de sa camériste presque assommante.

Le marquis savait d'expérience que les domestiques de sexe féminin étaient source d'embêtements dans les grands voyages : âgées, elles avaient le mal de mer et se montraient acariâtres; jeunes, elles perturbaient l'équipage.

Mais Betty Bradwell lui avait demandé avec tant de grâce la permission d'emmener sa femme de chambre que, sachant qu'Elspeth Loraine ne serait pas accompagnée de la sienne qui était trop âgée, il avait accepté.

Il avait à cette occasion enfreint ses propres règles, mais il était bien décidé à ne jamais recommencer et, quand son secrétaire l'avait informé de la demande de lady Millicent concernant sa propre femme de chambre, il avait fermement fait répondre qu'il n'y avait plus aucune cabine de libre.

Il avait même recommandé qu'elle gagne les Indes à bord d'un bateau à vapeur de la compagnie P. & O. non sans prendre avec elle la plus grande partie des bagages de sa maîtresse.

Il n'avait pas douté que lady Millicent serait très contrariée.

Quoi qu'il en soit, il n'avait nullement l'intention de se mettre en quatre pour elle et il savait que si c'était nécessaire, généreusement rétribuée pour ses services, la femme de chambre de lady Bradwell, avec l'aide de Hunt, pourrait également s'occuper de lady Millicent.

Tout comme ses stewards, qu'il triait sur le volet et n'engageait que parfaitement expérimentés, son valet de chambre avait l'habitude de défaire les malles de ses invités.

Tarina se montra contrariée et presque inquiète lorsque Betty lui annonça :

– Oh! j'y pense! le marquis me fait demander si cela t'ennuierait de faire ton possible pour aider lady Millicent. Elle n'a pas pu prendre sa camériste avec elle – et, entre nous, c'est une bénédiction. J'ai répondu que je ne voyais pas d'inconvénient à ce que tu t'occupes d'elle.

– Est-ce bien prudent? demanda nerveusement Tarina.

– Que veux-tu dire? interrogea Betty.

– Imaginons que je fasse des erreurs? Supposons qu'elle en vienne à me soupçonner de n'être pas vraiment femme de chambre?

– Pourquoi s'en aviserait-elle? repartit Betty. Tu es si vive et tu sais t'arranger de tout, Tarina! Tu auras vite fait de comprendre ce que l'on attend de toi et tu ne commettras aucune erreur.

– J'espère que tu as raison.

Elle regarda la pendule et ajouta :

– ... Je ferais peut-être bien d'aller lui demander si elle a besoin de quelque chose. Je finirai de ranger tes vêtements plus tard. Sans doute souhaites-tu porter ta robe argentée ce soir? Ou peut-être préféreras-tu celle en dentelle bleue?

– Je pense que la robe en dentelle conviendra mieux, répondit Betty. Je suis sûre que lady Millicent trouvera le moyen de paraître sensuelle comme une chatte.

Nerveuse, Tarina quitta la cabine de sa cousine et prit la coursive qui menait à celle où était installée lady Millicent.

Elle se rendit compte que les deux femmes disposaient chacune d'une cabine aux extrémités du corridor qui parcourait le centre du yacht et desservait la suite principale occupée, naturellement, par le marquis.

Les appartements de celui-ci occupaient tout l'arrière du yacht et étaient composés, Tarina devait l'apprendre plus tard, d'une très grande chambre à coucher, d'un petit salon et d'une vaste salle de bains qui pouvait également faire office de salle de gymnastique.

Pour l'heure, Tarina ne se souciait que de lady Millicent qui, en réponse au coup frappé à la porte, lança sèchement :

– Entrez!

Tarina ouvrit et, se souvenant de ce que lui avait dit Betty, fit une légère révérence.

– Puis-je vous être utile, Milady? s'enquit-elle.

– J'ai en effet besoin d'aide, répondit lady Millicent avec brusquerie. Quand je pense que l'on ne m'a pas permis d'emmener ma propre femme de chambre!

Elle était assise sur un tabouret devant sa coiffeuse, dans un déshabillé de soie écarlate très recherché, agrémenté d'une profusion de dentelles et de petits nœuds de velours.

Pénétrant un peu plus avant dans la pièce, Tarina demanda :

– En quoi puis-je vous être utile, Madame?

Tarina eut tôt fait de constater que, bien que fort semblable à celle occupée par Betty, cette cabine était loin d'être aussi agréable.

Le grand lit n'était pas surmonté d'un baldaquin de soie, mais à sa tête trônait une grande toile représentant un voilier.

Les murs étaient tapissés de marines sans qu'on puisse voir le moindre hublot ni la plus petite penderie encastrée.

Tarina dut en conclure que la décoration de cette cabine était beaucoup moins féminine que celle de la chambre qu'occupait Betty et elle songea que c'était sans doute la raison pour laquelle le maître des lieux l'avait attribuée à lady Millicent.

— J'imagine que vous êtes capable de coiffer quelqu'un? interrogea lady Millicent sur le ton d'une personne qui n'y croit guère.

— Je ferai de mon mieux, si Madame me dit exactement ce qu'elle souhaite, répondit Tarina.

— Pour le moment, je veux seulement que vous arrangiez mes cheveux là où mon chapeau les a écrasés, expliqua lady Millicent. Demain, nous expérimenterons vos talents.

Tarina s'abstint de tout commentaire.

Elle se contenta de remettre en ordre la chevelure de lady Millicent qui, naturellement, était coiffée à la dernière mode : les cheveux très fournis et bouffant sur le devant, tirés sur les côtés et rassemblés en chignon sur le sommet de la tête.

Tarina comprit rapidement que ce style de coiffure ne présentait pas de problème particulier et, si elle ne la félicita pas, lady Millicent ne se plaignit pas non plus.

Lorsqu'elle eut agrafé la robe vert émeraude, toute pailletée, sur les épaules de lady Millicent, Tarina ne put s'empêcher de constater qu'elle était réellement très belle. Indubitablement, comme l'avait fait remarquer Betty, elle était semblable au serpent dans le jardin d'Eden.

Enfin, Tarina fit jouer le fermoir d'un somptueux collier d'émeraudes autour du cou de lady Millicent.

Sur ce, d'un pas précautionneux — car le yacht gagnait à présent la haute mer — la tête haute et dans le frou-frou de ses jupes de soie, lady Millicent quitta sa cabine et remonta la coursive conduisant à l'escalier du pont supérieur.

Quand Tarina regagna la cabine de Betty, celle-ci n'était pas encore sortie.

— Tu en as mis du temps! lança-t-elle d'un ton de reproche.

– Lady Millicent est très exigeante, expliqua Tarina. Je devrai me montrer très ferme et lui dire que je m'occupe de toi en priorité.

– Elle me fait presque peur, avoua Betty. Devant elle, j'ai l'impression de me trouver encore à l'école.

– Oh! Ne dis pas de sottises! s'exclama Tarina. Relève le menton, ma chérie, et dis-toi que tu es mille fois plus jolie qu'elle! Et libre! Comment pourrait-elle te nuire vraiment puisque son mari l'attend à Calcutta?

Betty embrassa sa cousine sur la joue et eut un petit rire.

– Je t'adore, dit-elle, et je suis tellement heureuse que tu sois ici avec moi.

– Si elle parvient à ses fins et qu'elle flirte avec le marquis, expliqua Tarina, qui poursuivait son idée, tu peux prendre ta revanche en flirtant avec monsieur Prestwood. Hunt, le valet de chambre du marquis, m'a confié qu'il était célibataire et un des plus parfaits gentlemen qu'il ait jamais connus.

– Eh bien, avec de pareilles références! s'exclama Betty.

Toutes deux éclatèrent de rire.

Suivant les conseils de Tarina, Betty pénétra dans le salon la tête haute et, au lieu de se diriger vers le marquis en grande conversation avec lady Millicent, elle s'avança à la rencontre de Harry Prestwood.

– Je suis très heureux de vous voir, fit celui-ci en la saluant. Je commençais à craindre que vous n'ayez déjà succombé au roulis.

– Tout va pour le mieux! protesta Betty. Si je suis en retard, c'est que je dois partager ma camériste avec lady Millicent!

Comme elle avait baissé la voix, il comprit tout de suite qu'elle mettait de la malice dans ses propos.

Les yeux de Harry pétillèrent et il fit observer :

– Je suis sûr que c'est encore pire que d'avoir à partager un mari.

Betty essayait de trouver une repartie spirituelle quand elle s'aperçut que le marquis lui présentait une coupe de champagne.

– Je serais vraiment impardonnable de ne pas vous l'avouer, déclara-t-il, je viens de comprendre que ce qui manquait sur mon nouveau bateau, c'était vous !

– L'intention est charmante, répliqua Betty, mais je suis sûre que vous avez mis ce discours au point en prenant votre bain.

Le marquis éclata de rire.

– Je sais que les Françaises savent comment prendre les compliments en toutes circonstances, et vous avez vécu en France.

– Pourtant, je suis encore très anglaise, répondit Betty, et préfère me méfier des Français.

Le marquis rit de nouveau et Harry intervint :

– Avouons-le, Vivien, ton compliment n'était pas à la hauteur de la situation et il était peu en accord avec ton sens, habituellement aigu, de l'hospitalité.

Dans un simulacre de désarroi, le marquis leva les mains au ciel.

– Si vous vous mettez tous les deux à m'attaquer, dit-il, j'irai chercher consolation ailleurs.

Sur ce, il retourna auprès de lady Millicent.

Un instant plus tard, lady Loraine, qui était assise à côté de Harry et qui avait tout entendu, déclara :

– Je suis sûre, lady Bradwell, que cela ne fera pas de mal à notre hôte si vous le taquinez de temps à autre. Je suis d'avis que Vivien se prend trop au sérieux.

– Vous avez tout à fait raison, approuva Harry.

Mais le vrai problème n'est pas là, il réside plutôt dans le fait que chacun prend Vivien au sérieux!

Baissant la voix, lady Loraine répondit :

— Je pense, Harry, que le fond du problème est que Vivien est trop souvent en compagnie de personnes d'un certain âge. Nous oublions trop facilement qu'il est encore jeune. Il devrait s'amuser infiniment plus qu'il ne le fait; cela m'inquiète d'entendre dans sa voix cette note cynique et de remarquer le sourire moqueur qui flotte sur ses lèvres.

— Je suis en tout point d'accord avec vous, répondit Harry, mais la jeunesse de lady Bradwell nous donnera à tous le goût de rire, de chanter et, naturellement, de danser.

— Elle évoque pour moi ce ciel bleu que nous espérons trouver en Méditerranée, déclara lady Loraine.

— Vous allez me faire rougir, protesta Betty, et si je ne parviens pas à faire rire, chanter et danser notre hôte, je crains que vous ne décidiez que je ne suis décidément bonne à rien.

— Cela m'étonnerait fort, contredit Harry d'une voix grave.

Comme Betty levait les yeux vers lui et lisait de l'admiration dans les siens, elle songea que Harry Prestwood était très sympathique.

Lady Millicent ou pas, elle était bien certaine d'apprécier la croisière!

4

Tarina avait à peine ouvert les yeux qu'elle vit une de ses chaussures glisser d'un bout à l'autre de la cabine.

Elle comprit immédiatement que la mer était mauvaise.

Elle ne s'était jamais trouvée dans cette situation et se demanda si elle aurait le pied marin puis, aussitôt après, elle pensa à Betty.

Elle jeta un coup d'œil à sa montre; elle avait dormi plus tard qu'elle n'en avait eu l'intention; cela n'avait rien d'étonnant, la veille, elle s'était mise au lit épuisée.

En effet, à la fatigue physique de la journée était venue s'ajouter la tension nerveuse.

Le soir, un des stewards lui avait apporté un délicieux dîner sur un plateau.

Comme de juste, le marquis avait un excellent chef à bord, et Tarina avait mangé mieux qu'elle ne l'avait jamais fait chez elle.

Ensuite, après avoir disposé dans la cabine de Betty tout ce dont sa cousine aurait besoin lorsqu'elle viendrait se coucher, elle avait défait une des malles que lui avait données Betty à Belgrave Square.

La robe noire qu'elle portait laissait prévoir à Tarina que la malle renfermait de jolies toilettes, mais elle n'avait pas prévu qu'elle découvrirait aussi tous les vêtements que Betty avait portés à la fin de son deuil.

Elle y trouva donc non seulement des jupons de soie de toutes les nuances de mauve, mais également des chemises de nuit de couleur parme et de la lingerie blanche ornée de dentelles et de rubans mauves.

Tarina savait que la mode était aux rubans, on en mettait partout, sur les oreillers, sur les chemises des femmes et même parfois, sur leurs robes.

Mais elle ne s'attendait pas à en trouver sur les ravissantes chemises de nuit de soie ou de batiste fine de sa cousine. Betty estimait aujourd'hui que le moindre bout de ruban lui rappelait son deuil, aussi était-elle résolue à ne jamais plus en porter un seul.

Tout en défaisant la malle, Tarina n'avait cessé de se répéter :

« Comment puis-je avoir une chance pareille ? Merci, mon Dieu, merci de votre bienveillance. »

Tarina avait eu comme la sensation que sa mère lui souriait pour lui exprimer son bonheur à la voir disposer de toutes les jolies choses dont elle-même avait bénéficié dans son adolescence, avant son mariage d'amour avec un pasteur sans le sou.

Elle ne l'avait jamais regretté mais, parfois, une pointe de tristesse dans la voix, rêveuse, elle laissait entendre qu'elle aurait aimé voir sa fille profiter de tout ce dont elle-même avait joui dans sa jeunesse : non seulement de belles toilettes, mais également des bals, des soirées, des promenades à cheval et, naturellement, le privilège de la présentation à la reine.

– Je suis heureuse comme je suis, maman, avait dit Tarina peu avant la mort de sa mère.

Mais, lorsqu'elle s'était retrouvée seule avec son père accablé de douleur, sans amis avec qui rire ou se confier, Tarina avait éprouvé l'absence de sa mère comme une douleur presque physique.

Une fois les vêtements rangés, Tarina avait passé une chemise de nuit coupée dans une soie d'une finesse incomparable et bordée, autour du décolleté et dans le bas, de plusieurs rangs de dentelle de Valenciennes.

« On dirait une robe de bal », s'était-elle dit en se regardant dans le miroir.

Puis elle s'était souvenue de son rôle de camériste et avait pensé que si quelqu'un l'apercevait en cet instant on découvrirait aussitôt qu'elle n'était pas ce qu'elle prétendait être.

Mais, Dieu merci, personne ne pouvait la voir, même pas une servante indiscrète dont elle pourrait craindre d'éveiller les soupçons.

« Maintenant, avait-elle pensé, je suis en sécurité, et tellement heureuse d'être ici. »

Sa nervosité l'avait empêchée de trouver rapidement le sommeil et, au matin, tout en s'habillant à la hâte, elle projeta de demander à Hunt ou à l'un des stewards de frapper à la porte de sa cabine chaque matin pour la réveiller à l'heure.

Sa précipitation était tout à fait inutile; en effet, elle trouva Betty à demi endormie et apparemment bien décidée à le rester.

– Laisse-moi, Tarina! soupira-t-elle. Rien ne me déciderait à me lever!

– Es-tu souffrante, ma chérie?

– Non, mais ce pourrait être le cas si je bougeais, répondit Betty. Je vais rester au lit et j'ai l'impression que tout le monde va en faire autant aujourd'hui.

– Je vais aller voir si lady Millicent a besoin de quelque chose.

– J'espère qu'elle n'a pas le pied marin! maugréa Betty sur un ton malveillant.

Là-dessus, comme si elle avait craint que parler ne la rende malade, elle ferma les yeux et détourna la tête pour ne plus voir la lumière filtrant sous les rideaux bleus qui voilaient les hublots.

Tarina sortit et referma doucement la porte derrière elle.

Elle frappa ensuite à la cabine de lady Millicent et, n'obtenant pas de réponse, elle entra.

De toute évidence, celle-ci était profondément endormie, et Tarina, parcourant la cabine des yeux, aperçut sur la table de chevet un flacon suspect.

Elle devina qu'il contenait du laudanum ou quelque potion somnifère.

Tarina savait que les dames de la bonne société utilisaient souvent de pareils médicaments pour trouver un repos artificiel. Sa mère lui avait toujours décrit cette pratique comme dangereuse.

Betty avait eu autrefois une gouvernante – et Tarina assistait alors à ses leçons – qui souffrait de migraines.

Chaque fois que le mal de tête la prenait, elle avalait une cuillerée de laudanum et s'allongeait.

Les deux jeunes filles savaient alors qu'elles pouvaient s'amuser à leur guise pendant plusieurs heures, jusqu'au réveil de miss Gordon.

Tarina se retira sans bruit de la cabine de lady Millicent et, personne ne réclamant ses services, elle décida qu'elle était libre.

Comme elle s'éloignait, un steward qui longeait la coursive d'un pas plutôt mal assuré la salua :

– B'jour, M'mselle. Prête pour l'p'tit déjeuner? Enfin, si vous le souhaitez.

– J'avoue que j'ai très faim, répondit Tarina.

Le steward lui adressa un grand sourire.

— J'vous apporte ça en moins d'deux, promit-il.

Tarina regagna sa cabine, mit un peu d'ordre et fit son lit.

Depuis l'embarquement, elle avait eu le temps de constater que le marquis avait fait aménager dix cabines de luxe sur le yacht : quatre d'entre elles, dont la sienne, étaient relativement petites.

La cabine voisine de la sienne restait inoccupée et servait de rangement pour les malles vides.

Dans la sienne, il n'y avait pas de place perdue ; elle était très nette et, de l'avis de la jeune fille, très joliment arrangée.

Contrairement à celui de Betty ou de lady Millicent, le lit de cuivre de Tarina était à une seule place, mais très confortable et, comme dans les autres cabines, tous les meubles étaient encastrés dans les parois.

Outre un coin pour la toilette, Tarina disposait d'une penderie, d'une coiffeuse et d'une quantité de tiroirs.

Les murs étaient peints en vert pâle et, dans son lit, Tarina pouvait se croire sous la mer.

Le steward lui apporta son petit déjeuner composé d'œufs au bacon et de saucisses ; il eut la gentillesse ou la malice de lui préciser que, si elle avait encore faim, il restait de tout en quantité.

Le petit déjeuner était beaucoup plus copieux que tout ce qu'elle avait jamais vu chez elle. Les œufs étaient en effet accompagnés de miel et de confiture d'oranges, de toasts grillés et de petits pains chauds, de bananes et de mandarines.

— Quand nous arriverons au soleil, vous pourrez avoir des framboises, annonça le steward sur le ton de quelqu'un qui aurait promis une gâterie à une enfant.

— En janvier ? se permit de douter Tarina.

– Attendez et vous allez voir, répondit-il. Et aux Indes, vous pourrez manger des mangues.

Dès qu'il fut sorti, Tarina ne put retenir un petit soupir de pur plaisir; tout était si merveilleux qu'elle ne voulut pas rester une minute de plus assise.

Elle désirait voir la mer, la proue fendant les vagues.

Son père lui avait souvent décrit les tempêtes qu'il avait affrontées dans le golfe de Gascogne et, bien qu'elle espérât que cette tempête-ci ne les mettrait pas en danger, elle voulut la vivre pleinement, comme une nouvelle expérience.

– Te rends-tu compte, papa? fit-elle à haute voix comme si elle s'adressait réellement à son père. Je suis en train de vivre les péripéties dont nous avons si souvent parlé! Tout cela m'arrive vraiment! Comme j'aimerais te voir ici avec moi!

Elle éprouva un petit serrement au cœur au souvenir de la mort de son père : il lui manquait tant! Elle regrettait tellement le temps où, par ses conversations et ses récits, il exerçait son esprit et son imagination de petite fille.

Les mauvaises langues avaient cru qu'il devait être bien ennuyeux pour une jeune fille de vivre retirée dans un petit village sans autre compagnie que celle de son père.

Certes, il avait dû se remettre du choc de la mort de sa femme, mais Tarina avait apprécié tous les instants passés auprès de lui.

Il lui avait toujours parlé comme s'il s'adressait à une personne de son âge à lui et son intelligence rendait tous les sujets passionnants.

– Si tu étais encore là, papa, murmura-t-elle, en ce moment tu saurais bien m'apprendre tout ce que je devrais savoir non seulement sur le Siam mais sur la Méditerranée, sur le canal de Suez, sur la mer Rouge...

Son père avait d'ailleurs assisté à l'ouverture du canal de Suez. Il s'y était rendu après avoir accepté un poste de « dresseur d'ours », c'est-à-dire de précepteur, auprès d'un jeune homme riche dont les parents avaient jugé qu'il ferait là une expérience profitable. Cette expérience s'était de même révélée inoubliable pour le père de Tarina.

Il avait décrit à sa fille tous les détails de la cérémonie d'ouverture, présidée par l'impératrice Eugénie, et le délire des assistants quand les bateaux, tous pavillons déployés et flottant au vent, s'étaient engagés en procession dans le canal proprement dit.

— Je ne dois rien oublier, je dois me souvenir de tout ce que tu m'as raconté, papa, dit Tarina. Mais la première chose à faire, c'est d'aller admirer la mer.

Elle prit dans la penderie sa lourde cape doublée de fourrure.

Sachant qu'il lui serait impossible de garder un chapeau sur la tête avec le vent qui soufflait sur le pont, elle noua sur ses cheveux un foulard de mousseline noire qu'elle avait déniché dans la malle.

Elle agrafa sa cape, remonta son col et prit la direction de l'escalier des cabines.

Il était encore très tôt et Tarina jugea improbable de rencontrer quiconque.

Elle soupçonnait que les invités du marquis avaient pris, comme elle, leur petit déjeuner dans leurs cabines — si tant est qu'ils soient parvenus à avaler quoi que ce soit.

La veille, à son arrivée, un rapide coup d'œil lui avait permis de repérer les lieux. Elle retrouva très facilement son chemin de l'escalier des cabines à la porte qui s'ouvrait sur le pont.

La violence du vent l'empêcha presque de la

pousser, mais elle y parvint tout de même; elle se retrouva sur le pont et fut fascinée par le spectacle qui s'offrait à ses yeux.

Le yacht avançait en luttant contre une mer couverte de gros moutons et contre un vent violent.

Un soleil pâle perçait de temps à autre l'amoncellement de nuages gris.

Le spectacle était si grandiose que Tarina resta longtemps à le contempler avant de s'aventurer prudemment sur le pont.

Elle se tint près du bastingage et, tandis que le bâtiment roulait et tanguait, elle trouva un point d'observation d'où elle pouvait voir les vagues se briser contre la proue.

Néanmoins, elle n'osait trop s'approcher du bord car les embruns balayaient le pont sans relâche.

Elle demeura longtemps immobile, adossée à un mât, laissant le vent jouer avec les mèches de cheveux qui s'échappaient de son foulard de mousseline noire.

C'était grisant! Ce spectacle inhabituel chassait ses craintes de se trouver sans abri et sa peur de l'avenir.

« Je dois faire preuve de confiance et ne plus avoir peur », se dit-elle.

Soudain, comme le yacht plongeait dans le creux d'une énorme vague, elle chancela et dut faire un effort pour reprendre sa place, contre le mât derrière elle.

Une voix la fit alors sursauter :

– Que faites-vous ici? Ne savez-vous pas que c'est très dangereux?

Elle se retourna et se trouva face à un homme qui, elle le comprit aussitôt, n'était autre que le marquis.

Il correspondait parfaitement à l'image qu'elle

s'était faite de lui, mais il était beaucoup plus séduisant et beaucoup plus impressionnant.

Comme la description de Betty l'indiquait, des rides cyniques barraient ses joues, ses yeux étaient gris, aussi durs, pensa-t-elle, que la lame effilée d'un poignard.

Elle resta un instant sans répondre, pétrifiée de surprise et interdite.

– Qui êtes-vous ? interrogea-t-il. Je vous avais prise pour lady Bradwell.

Tarina se ressaisit enfin et, jugeant qu'il était trop tard pour faire la petite révérence d'usage, elle dit :

– Je vous prie de m'excuser, Milord. Je n'avais pas pensé gêner quelqu'un en montant sur le pont pour regarder la mer.

Comme s'il le comprenait à l'instant, le marquis s'écria :

– Vous êtes la femme de chambre de lady Bradwell !

– Oui, Milord.

Tarina était loin de se douter que ses mèches rousses virevoltant autour de son front et son teint, que le noir de sa cape et de son foulard rendait d'une blancheur éblouissante, la faisaient paraître toute autre que celle qu'elle prétendait être.

– De toute évidence, vous avez le pied marin, observa le marquis comme pour justifier sa présence sur le pont.

– Je l'espère, Milord. C'est la première fois que je me trouve en mer.

Un sourire illumina les traits du marquis et chassa l'expression cynique de son visage.

– La première fois ! s'exclama-t-il avec surprise. Eh bien, qu'en pensez-vous ?

Sans réfléchir, Tarina dit la première chose qui lui traversa l'esprit.

– J'aime, répondit-elle, « *la musique qui vibre dans sa voix* ».

En parlant, elle avait détourné son regard pour regarder les vagues se briser contre le bastingage.

Aussi ne vit-elle pas l'étonnement qui se peignit sur les traits du marquis.

– Vous « *n'en aimez pas moins l'homme, mais plus encore la nature* », compléta-t-il. Est-ce ce que vous ressentez?

– Exactement, répondit Tarina, et je veux « *me fondre avec l'univers et sentir ce que je ne pourrai jamais exprimer, ni tout à fait celer* ».

Les mots venaient tout naturellement sur ses lèvres, comme lorsque, avec son père, ils rivalisaient en citations.

Tarina n'avait toujours pas pris conscience de l'étonnement du marquis, qui n'en croyait pas ses oreilles et la dévisageait d'un air surpris.

Puis, comme il gardait le silence, elle se tourna vers lui.

Ses yeux étonnés reflétaient le vert des vagues.

– Je constate que vous connaissez Byron, finit par dire le marquis. Il n'empêche que je vous suggère de redescendre; faites très attention, la mer semble de plus en plus agitée.

– Bien, Milord.

Elle dut passer devant le marquis pour reprendre l'escalier et celui-ci s'écarta sans mot dire.

A ce moment précis, une vague particulièrement forte se fracassa par-dessus le bastingage et, l'espace d'un instant, le marquis vacilla.

Comme pour l'empêcher de tomber, Tarina tendit instinctivement la main.

Mais ce n'était pas nécessaire et, quand il voulut prendre appui contre la paroi au-dessus de la tête de la jeune fille, Tarina se dirigea vers la porte aussi vite qu'elle le put.

Le marquis la suivit et, une fois parvenus aux escaliers, il fit sèchement observer :

– Je ne mets pas en doute votre goût de l'aventure, mais il me déplairait que vous soyez emportée par-dessus bord. Croyez qu'il n'y aurait pas la moindre chance de vous sauver la vie.

– Je tiens absolument à visiter le Siam, répliqua Tarina, aussi, je promets à Votre Seigneurie d'être très prudente.

Cramponnée à la rampe de l'escalier des cabines, elle parvint à lui faire une petite révérence avant d'ajouter :

– ... Je vous remercie de vous préoccuper de mon existence. Je n'ai, à l'heure qu'il est, rien de plus précieux.

Tout en terminant sa phrase, elle avait commencé à descendre très prudemment les marches, et cette fois encore, elle ne put voir l'étonnement qui se peignit sur le visage du marquis.

Une fois rentrée dans sa cabine, Tarina enleva sa cape trempée par les embruns. Elle trouvait curieux d'avoir eu pareille conversation avec un étranger, à plus forte raison avec le marquis.

« Peut-être n'aurais-je pas dû lui parler », s'inquiéta-t-elle.

Mais – et elle se savait sincère – surprise qu'elle avait été par son apparition, elle n'avait pas eu le temps de réfléchir à ce qu'elle allait dire ; elle s'était contentée de traduire, à haute voix, les premières impressions que lui avait faites le spectacle de la tempête.

Tarina en prenait conscience à présent : contrairement à ses prévisions, la présence du marquis ne l'avait pas intimidée, aussi se demanda-t-elle pourquoi Betty semblait le craindre si fort.

Puis elle réalisa qu'elle était pour ainsi dire hors jeu, elle ne pouvait en aucun cas se placer sur un pied d'égalité avec lui : à ses yeux, elle n'était pas autre chose qu'une domestique à laquelle il pouvait ordonner de descendre, sur un ton qu'il ne se fût autorisé avec aucun de ses invités.

« Il faudra que je déniche sur le pont une cachette où m'asseoir sans être découverte, décida Tarina. Il n'est pas question que je passe les deux prochains mois sans pouvoir prendre l'air sur le pont. »

Puis elle revit la majesté de la mer déchaînée et, sitôt après, se remémora la facilité avec laquelle le marquis avait identifié la citation tirée de *Childe Harold*.

« Sans doute est-il très cultivé », se dit-elle avant de se demander une fois de plus si elle trouverait une bibliothèque à bord.

Elle achevait de défaire sa malle, s'extasiant à la vue des ravissantes toilettes que lui avait données Betty – elle les trouvait presque trop belles pour les porter – quand on frappa à la porte.

A sa réponse, Hunt apparut.

– B'jour, Mam'selle, salua-t-il avec entrain. J'ai entendu dire comment qu'vous avez été dehors su'l'pont, et comment qu'vous vous avez attiré des ennuis par la même occasion.

– Qui vous en a parlé? s'étonna Tarina.

– L'maître pense qu'vous avez risqué vot'vie! Et si vous aviez tombé dans c'te grand' bleue, y voudrait pas faire r'tourner l'bateau dans c'te mer pour s'mettre à vous chercher.

– Est-ce ce qu'il devrait faire si quelqu'un passait par-dessus bord? s'enquit Tarina avec curiosité.

– Si vous me d'mandez c'que j'pense, je crois qu'y laisserait juste les poissons vous manger, répondit Hunt pour la taquiner.

– Je suis désolée, si j'ai eu tort de monter sur le

pont, dit Tarina après un instant, mais aucune de ces dames n'avait besoin de mes services et j'ai trouvé la mer très impressionnante.

– Vous avez l'air de l'apprécier plus que tous les autres.

– Souffrent-ils tous du mal de mer?

– Pas l'maître, ni monsieur Prestwood; mais lord Loraine dit qu'y va pas risquer d's'casser une jambe. Donc y reste dans sa cabine, et lady Loraine m'a dit d'lui trouver des livres à lire.

Le regard de Tarina s'éclaira.

– Des livres? s'exclama-t-elle. Y a-t-il des livres à bord?

– Des centaines! répondit Hunt. L'maître a sa cabine qui en est pleine!

Tarina joignit les mains.

– Oh! je vous en prie, si vous devez en prendre pour lady Loraine, voudriez-vous également en choisir quelques-uns pour moi?

– J'vais vous trouver des livres, promit Hunt. Qu'est ce qui vous f'rait plaisir? Un meurtre bien épouvantable? ou d'l'amour et du sentiment? Sa S'gneurie en a pas beaucoup d'c'genre-là.

– Ce que j'apprécierais le plus, répondit Tarina, ce seraient des ouvrages traitant des pays où nous ferons escale. Sa Seigneurie a-t-elle des ouvrages sur le Siam?

– Sûrement, affirma Hunt.

– Nous passerons au large de l'Italie, de l'Afrique, des îles grecques, de l'Egypte et des Indes avant d'arriver à destination, rappela Tarina.

– Oh! doucement! s'exclama Hunt. J'peux pas m'rapp'ler d'tout ça! Mais j'ai comme une idée d'c'que vous voudriez.

– Alors, je vous en supplie, insista Tarina, trouvez-moi des livres qui traitent au moins d'un de ces pays.

– En quelle langue voulez-vous vos livres?

Il fallut à Tarina un moment pour se rappeler qu'elle était française, mais elle se ressaisit et répondit bientôt :

– Peu importe. Je lis aussi bien l'anglais que le français. En revanche, je n'entends ni l'arabe ni le siamois!

Hunt se mit à rire.

– J'pense qu'vous vous f'rez comprendre, comme moi n'import'où qu'j'aille avec Sa S'gneurie. Et si la dame à qui j'parle est jolie, l'amour est une langue qu'toutes les femmes comprennent.

Jugeant qu'il se montrait trop entreprenant, Tarina détourna son regard et, d'un air qu'elle espérait digne, elle se borna à dire :

– Je vous suis très reconnaissante, monsieur Hunt, de prendre le temps d'emprunter des livres pour moi. Il va sans dire que j'en prendrai le plus grand soin.

– J'l'espère bien, répondit Hunt. Sinon, Sa S'gneurie va m'faire couper la tête! Y s'attend pas à c'que ses invités aient tellement envie d'lire.

Tarina pensa que, après leur conversation sur le pont, le marquis ne serait peut-être pas étonné de sa demande mais, au cas où il refuserait de lui prêter ses livres, elle s'empressa d'ajouter :

– Je vous en prie, monsieur Hunt, n'en parlez pas à Sa Seigneurie. Je crains de ne pouvoir supporter de passer des semaines sans avoir à lire un livre.

– Vous tracassez pas avec ça, Mam'selle, répondit Hunt. Vous aurez vos livres. Et si Sa S'gneurie pense qu'y sont pour lady Loraine, j'aurai pas à lui mentir.

Il la gratifia d'un large sourire, referma la porte de la cabine, et elle l'entendit s'éloigner dans la coursive.

« Il est gentil », pensa Tarina.

Elle se demanda ensuite si sa mère aurait jugé répréhensible qu'elle tolère qu'un domestique lui parle avec une si grande familiarité et qu'elle complote avec lui pour emprunter des livres au marquis à son insu.

Mais elle ne tarda pas à se rassurer à l'idée que son père aurait parfaitement compris son désir et elle attendit avec impatience le retour de Hunt.

La mer resta agitée pendant trois longues journées. Le matin du quatrième jour, en s'éveillant, Tarina eut la surprise de constater que le yacht voguait sur des eaux calmées et que les vagues ne battaient plus contre les hublots de sa cabine.

Voilà trois jours aussi que Betty refusait obstinément de quitter son lit; de son côté lady Millicent était restée presque continuellement allongée, somnolant grâce à des narcotiques.

Tarina n'avait donc pas eu autre chose à faire que lire, ou aller s'asseoir dans la cabine de Betty, pour bavarder quand celle-ci souhaitait sa présence.

Hunt s'était habitué à la voir lui demander d'échanger un livre quelques heures seulement après qu'il le lui eut apporté.

Comme il n'avait aucune idée de ce qui serait disponible, il choisissait des livres au hasard dans la cabine de son maître, lorsque celui-ci était sur le pont ou occupé à prendre ses repas au salon avec les autres invités.

C'est ainsi que Tarina avait lu pêle-mêle des romans français, des guides de voyage et des études sur les religions orientales.

Après son bref entretien avec le marquis, elle n'avait pas été très surprise de constater que sa bibliothèque contenait aussi nombre de recueils de poésie.

Cela lui paraissait tout à fait contraire à l'idée qu'elle s'était faite de sa personnalité d'après la description de Betty.

Elle pensa ensuite qu'il pouvait très bien avoir rempli ses rayons pour l'agrément de ses invités plus que pour le sien propre.

Elle trouvait passionnants et très instructifs les ouvrages traitant des religions orientales. Une fois encore elle regrettait l'absence de son père qui la privait à jamais des discussions qu'elle avait avec lui au fil de ses lectures.

Bien qu'il fût chrétien, il avait souvent affirmé qu'il tenait le bouddhisme pour une religion parfaitement fondée; Tarina s'était donné beaucoup de mal pour venir à bout de traités fort érudits sur le bouddhisme, aussi aurait-elle souhaité trouver des réponses aux mille questions qui se bousculaient dans sa tête.

Hunt lui avait indiqué sur le pont une cachette où, affirmait-il, aucun des invités du marquis ne viendrait la surprendre.

Il lui expliqua que, lorsqu'ils consentiraient à quitter leurs cabines, les hôtes de Sa Seigneurie s'installeraient à la poupe où, dès l'apparition du soleil, des parasols seraient ouverts pour les protéger.

Tarina était ravie de pouvoir se réfugier sur le pont pour lire et respirer l'air pur. Elle avait été élevée à la campagne et elle détestait rester enfermée.

Dès que le calme revint sur la mer, Betty retrouva le goût du bavardage.

– Raconte-moi ce qui se passe, demanda-t-elle.

– Peu de chose, que je sache, répondit Tarina. Hunt m'a rapporté que le marquis et monsieur Prestwood passaient beaucoup de temps sur le pont et qu'ils prenaient tous leurs repas ensemble puisque les autres passagers ne quittaient pas leurs cabines.

– Si j'avais un peu de bon sens, déclara Betty, je me lèverais pour aller tenir compagnie au marquis. Mais lorsque j'essaie de me mettre debout, je suis prise d'étourdissements et, même si je n'ai pas le mal de mer, je me sens toujours sur le point de l'avoir.

– En ce cas, reste dans ta cabine, conseilla Tarina. Il n'y a rien de pire qu'un teint verdâtre et des haut-le-cœur.

Toutes deux éclatèrent de rire.

– En tout cas, fit remarquer Betty, lady Millicent n'a pas eu l'occasion de me prendre de vitesse.

– Je ne l'aurais jamais crue capable de rester aussi tranquille, dit Tarina, mais elle a des réveils très désagréables. Elle donne des ordres : « Apportez-moi ceci ! Apportez-moi cela ! » Puis elle avale une nouvelle cuillerée de ce que ma mère n'aurait pas manqué d'appeler « un brouet du diable » et elle se rendort presque tout de suite.

– Est-elle toujours aussi belle ? interrogea Betty avec une tristesse rêveuse.

Tarina gloussa.

– Elle se passe toutes sortes de crèmes sur le visage et elle épingle ses cheveux pour les maintenir en place.

– Quel dommage que le marquis ne puisse la voir ainsi parée ! s'exclama Betty.

A leur arrivée à Gibraltar, le soleil luisait et la mer était parfaitement calme.

Il faisait pourtant assez froid et, lorsque Betty se leva en déclarant qu'elle déjeunerait au salon, Tarina la persuada d'enfiler une confortable robe en lainage, qui lui allait à merveille, et de se munir, si jamais elle décidait de monter sur le pont, d'un long manteau de chinchilla.

Les cheveux très joliment coiffés par Tarina, elle était si adorable qu'on aurait regretté de ne pas découvrir sa coiffure; et son chapeau orné de rubans bleus lui allait si bien qu'elle avait l'air d'une poupée de porcelaine.

– Tu es absolument ravissante! s'exclama Tarina quand sa cousine fut prête. Je ne peux pas croire qu'un homme puisse jeter un regard sur une séductrice comme lady Millicent lorsque tu es présente.

– Que le Ciel t'entende! répondit Betty. Et espérons que mon absence aura attendri le cœur du marquis.

– Je suis sûre qu'il en sera ainsi, dit Tarina d'un ton encourageant.

Elle suivit Betty des yeux tandis que celle-ci disparaissait lentement dans la coursive, puis elle rentra mettre de l'ordre dans la cabine.

Quelques minutes plus tard, deux domestiques vinrent faire le lit et Tarina leur céda la place puis retourna dans sa propre cabine.

Elle y entrait à peine lorsque Hunt glissa la tête dans l'embrasure.

– Lady Millicent a besoin de vous, fit-il avant de disparaître.

Tarina s'y rendit aussitôt.

– J'ai appris que lady Bradwell était levée, lança-t-elle vivement dès que Tarina eut passé sa porte.

– En effet, Milady.

– Je vais suivre son exemple et nous allons bien voir à présent si vous réussirez à me coiffer sans faire de catastrophe.

Quand Tarina eut mis la dernière main à la toilette de lady Millicent, aucun doute n'était permis : celle-ci était d'une beauté exquise – cela n'améliorait malheureusement pas pour autant son caractère.

Tarina était bien obligée de reconnaître que la jeune femme était fascinante mais elle trouvait à redire sur tout, ce qui la rendait très désagréable.

Mais, lorsqu'on la regardait, parée d'une robe verte sous une cape assortie bordée d'hermine, on avait beau savoir que son caractère était ce qu'il était, on n'en trouvait pas moins son visage ravissant et son allure superbe.

Ce jour-là, lady Millicent n'eut pourtant aucun mot de remerciement pour les efforts qu'avait déployés Tarina.

Elle se contenta de lui donner quelques ordres avant de quitter précipitamment sa cabine, en véritable tourbillon.

Tarina poussa un petit soupir en regardant cette sirène s'éloigner.

Elle sentait confusément que Betty n'était pas de force dans la compétition qui l'attendait; lady Millicent parviendrait à ses fins en dépit de tous les efforts pour l'arrêter.

Dès qu'elle comprit que tout le monde serait, aujourd'hui, réuni au salon pour déjeuner, Tarina ramassa les trois livres que Hunt lui avait apportés la veille – elle les avait déjà terminés – et pensa qu'elle avait peut-être enfin l'opportunité d'aller en choisir elle-même quelques autres.

Elle suivit la coursive, poussa la porte de la suite du marquis et, comme elle s'y attendait, trouva Hunt dans le salon de son maître.

– Voyez-vous un inconvénient, monsieur Hunt, à ce que je vous rapporte moi-même les livres que vous m'avez procurés et que j'en choisisse de nouveaux? demanda-t-elle.

– Les avez-vous déjà lus? s'étonna Hunt. Je n'arrive pas à l'croire.

– Je n'ai pas sauté un seul mot, assura Tarina. Je lis très vite.

– V'là l'explication, à moins qu'vous soyez brouillée avec la vérité ?

Tarina ne vit rien de comique dans cette remarque et Hunt, observant qu'elle attendait, ajouta :

– ... Faites comme chez vous. Vous n'avez qu'à choisir vous-même, comme ça, vous m'direz c'que vous souhaitez qu'j'vous apporte une aut'fois.

Sans ajouter un mot, Tarina poussa la porte du cabinet de travail du marquis.

Elle en eut le souffle coupé.

Elle n'avait cru Hunt qu'à demi lorsqu'il lui avait affirmé que la bibliothèque du marquis renfermait des centaines de livres.

Elle pouvait à présent admirer le génie dont le marquis avait fait preuve lorsqu'il avait tracé les plans du yacht : il avait su réserver trois cloisons de son sanctuaire à des rayonnages propres à recevoir une importante collection d'ouvrages.

Les livres recouvraient littéralement les murs du sol au plafond, ce qui, pour Tarina, était aussi merveilleux que si elle s'était retrouvée dans la caverne d'Ali Baba.

Elle remarqua à peine le vaste bureau et le confortable mobilier gainé de cuir rouge.

Elle n'avait d'yeux que pour les livres et pour eux seuls ; elle sut immédiatement qu'ils représentaient exactement tout ce qu'elle souhaitait lire.

C'étaient des ouvrages récents ; le libraire de son village n'aurait pas pu dire qu'ils étaient « démodés » comme il l'avait dit de ceux de son père.

Cette bibliothèque rassemblait les toutes dernières publications, et sur tous les sujets possibles.

En parcourant les rayons, elle était aussi active qu'un chercheur d'or qui vient de découvrir un filon ou une nappe de pétrole après des années de vaines recherches.

L'heure tournant, elle s'empara d'une lourde

anthologie de poésie, d'un traité d'égyptologie et d'un ouvrage intitulé : *Dieux et Mythes de l'Inde*.

Elle en aperçut plusieurs qui traitaient précisément du Siam mais préféra les garder pour plus tard.

Il lui importait davantage de les lire dans un certain ordre et sa grande joie était de savoir qu'elle aurait tout le temps pour cela.

Elle apporta les livres qu'elle avait choisis dans sa cabine et pensa avec bonheur aux heures de lecture qui l'attendaient.

Elle se demanda ensuite si le marquis avait lui-même fait le choix des titres de sa bibliothèque, ou s'il s'était contenté de donner l'ordre à son secrétaire de remplir les rayons des toutes dernières parutions.

Qu'importe! Elle était si heureuse de faire cette croisière... Et à présent, son bonheur était à son comble.

« Je pourrai passer ma vie à lire, murmura-t-elle émue, sans avoir à me battre, comme Betty et lady Millicent, pour un homme qui, selon toutes les apparences, ne désire ni l'une ni l'autre! »

Une fois de plus, son instinct lui disait qu'elle était dans le vrai.

Elle ignorait comment elle le savait mais, maintenant qu'elle avait rencontré le marquis, elle avait la certitude qu'il n'épouserait pas Betty et que, malgré son flirt avec lady Millicent, cette dernière ne représentait rien pour lui.

« Que cherche-t-il? se demanda-t-elle. Qu'attend-il de la vie qu'il ne possède déjà? »

Une voix résonna dans sa tête, elle savait la réponse.

Elle s'empressa de se persuader que si telle était la vérité, elle préférait ne pas y penser.

En Méditerranée, le temps se révéla extraordinairement chaud pour la saison; la mer était non seulement aussi bleue que la robe de la Madone, mais elle avait ce calme proverbial dont les marins la parent.

Le bateau voguait vers l'est et Betty, assise sous le store qu'on venait tout juste d'installer au-dessus du pont arrière, prit conscience de ce que lady Millicent accaparait totalement le marquis.

Elle avait eu en effet des apartés avec lui pendant tout le déjeuner; ensuite, lorsqu'il avait suggéré que tout le monde monte prendre l'air sur le pont, elle avait trouvé le moyen de l'entraîner à l'écart et tous deux avaient disparu.

Harry Prestwood s'empressa de s'asseoir près de Betty et, comme pour la distraire de ses pensées, il lui dit :

– Vous êtes chaque jour plus ravissante, je voudrais vous demander la faveur de ne plus vous appeler « Lady Bradwell ». Puis-je me permettre de vous appeler Betty ?

– Je vous en prie, répondit la jeune femme dans un sourire, j'ai moi-même du mal à penser à vous autrement que comme à Harry.

– Rien ne me ferait plus plaisir que vous m'appeliez par mon prénom, fit-il. Mais laissez-moi reprendre le fil de mes pensées : vous êtes très belle...

Sa voix était sincère et Betty songea qu'une telle déclaration était bien différente des compliments qu'il lui avait faits lors de leur rencontre ou de ceux qui venaient si facilement aux lèvres des hommes qu'elle avait connus en France.

– Je vous remercie, Harry, répondit-elle après un silence. Pourtant, je me dis souvent que c'est injuste.

– Injuste !

– La vie est tellement plus facile pour une jolie femme...

– Ce n'est pas toujours le cas.

Elle le considéra d'un air interrogateur et il expliqua :

– Une gouvernante, une vendeuse, bref, n'importe quelle femme d'un rang inférieur peut être courtisée et sa réputation peut être ruinée parce qu'elle a un joli minois.

– Sans doute, convint Betty, je préfère ne pas y penser.

– Pourquoi y penseriez-vous ? demanda-t-il. Tout ce qui vous entoure devrait vous égaler en beauté. Je détesterais vous voir soucieuse ou triste, je détesterais savoir que vous avez peur.

– J'espère que rien de tout cela ne m'arrivera... plus jamais.

– Votre mariage vous a-t-il rendue heureuse ?

Après un bref silence, Betty répondit :

– Je préfère ne pas en parler.

– C'était la réponse que j'attendais.

– A présent, je suis très heureuse.

– Voulez-vous dire en général ? ou en ce moment particulier ?

Elle rit et répondit :

– Les deux.

Pendant un moment, le silence régna ; puis Harry dit :

– Je trouve en vous quelque chose de différent de ce que j'ai trouvé chez d'autres femmes, celles que j'ai rencontrées soir après soir, dans des parties, des bals, des réceptions...

– Je suis bien aise d'être différente, mais en quoi le suis-je ?

– J'ai tenté de me l'expliquer à moi-même, répondit Harry avec sérieux, et j'ai eu soudain le sentiment que c'est parce que vous étiez bonne, ce qui n'est pas très fréquent dans le monde où j'évolue.

Betty le regarda d'un air perplexe.

– Je suis bonne, je l'espère, mais si c'est vrai, que font donc les femmes qui ne le sont pas pour être si différentes?

– Elles n'ont pas à proprement parler un comportement différent, expliqua Harry comme s'il mettait de l'ordre dans ses idées, c'est leur façon de penser qui est autre. J'ai le sentiment, Betty, que vos pensées sont belles et nobles, que vous ne nourrissez pas de haine contre quiconque, que vous ne trichez pas, que vous ne mentez pas, que vous ne trompez pas ceux qui vous aiment.

Betty poussa un petit cri horrifié.

– Je l'espère bien! Mais je ne peux croire que les femmes soient aussi mauvaises que vous le prétendez.

Harry sourit.

Il se pencha vers elle et dit :

– Oublions les autres femmes et parlons de vous.

5

Debout devant le hublot de sa cabine, Tarina regardait le marquis et ses invités gagner le petit débarcadère auquel était amarrée la *Sirène des Mers*.

Betty était vraiment ravissante et lady Loraine, avec son gentil sourire et sa voix douce et aimable, était une femme qu'on ne pouvait faire autrement qu'apprécier.

Tarina n'avait rendu à lady Loraine que quelques menus services, mais elle avait chaque fois reçu en retour de la gratitude, des louanges et de touchants témoignages de sympathie.

– Vous êtes si jolie, lui avait dit, la veille, lady Loraine. Je suis sûre que vous pourriez trouver mieux à faire qu'être femme de chambre.

– Je suis très heureuse ainsi, avait répondu Tarina.

– Alors, tant mieux, avait approuvé lady Loraine avec un sourire, et encore merci, Mademoiselle, pour l'excellent travail de couture que vous avez fait pour moi.

Betty et lady Loraine avançaient à pas prudents le long du débarcadère; venaient ensuite Harry Prestwood, lord Loraine et enfin le marquis.

Chaque fois qu'elle apercevait ce dernier, Tarina était frappée par sa façon d'être : il était très différent des autres et, bien qu'elle se répétât que c'était ridicule, il produisait sur elle un effet qu'elle ne parvenait pas à maîtriser.

Il lui suffisait d'entendre sa voix pour percevoir comme des ondes qui émanaient de lui; elle avait de même l'impression que les siennes propres étaient canalisées dans sa direction, mais elle ne parvenait pas à s'expliquer ce qui se passait.

Elle avait gardé, pendant leur voyage à bord du yacht, une conscience très vive de sa présence.

Qu'elle le vît ou non, elle sentait qu'il était impossible d'échapper à l'emprise de la personnalité du marquis.

Elle prenait grand soin d'éviter de monter sur le pont lorsqu'il était susceptible de s'y trouver, prenant de l'exercice ou tenant compagnie à ses amis.

En outre, elle se glissait dans son cabinet de travail, pour choisir des livres, seulement aux moments où il prenait ses repas ou aux escales, s'il était descendu à terre.

Il avait fait très chaud sur la mer Rouge et Betty, comme les autres invités, n'avait eu pour seule activité que de rester étendue sous les parasols sur le pont.

– Il fait trop chaud pour parler, lui avait déclaré sa cousine à maintes reprises.

Un après-midi, Betty avait fait remarquer :

– Lady Millicent semble avoir beaucoup de choses à dire au marquis.

Tarina avait gardé le silence, mais elle avait acquis, chaque jour davantage, la certitude – sans l'exprimer pour autant – que Betty n'était pas aussi contrariée qu'on eût pu s'y attendre par le fait que lady Millicent accaparait totalement le marquis.

Puis quelque chose s'était produit qui avait choqué Tarina et lui avait laissé penser que ce dernier était effectivement aussi déplaisant qu'elle avait pu le craindre au début du voyage.

Ce jour-là, la chaleur était presque suffocante et l'air absolument immobile. Le marquis et ses hôtes étaient installés au salon pour le dîner ; dans sa cabine, Tarina comprit qu'elle ne pourrait supporter de rester enfermée. Aussi monta-t-elle sur le pont pour gagner la cachette que lui avait indiquée Hunt.

Elle était très éloignée de la partie ombragée du pont de sorte qu'il était peu probable que les invités du marquis l'aperçoivent de si loin.

La nuit était belle. Le ciel était constellé d'étoiles qui se reflétaient dans une mer d'huile, parfaitement lisse, seul le sillage du yacht formait une longue traînée phosphorescente.

C'était un tel spectacle que Tarina resta assise comme en extase.

Elle levait les yeux vers les étoiles et celles-ci semblaient vouloir lui délivrer un message, ainsi qu'à l'humanité tourmentée d'inquiétude et d'angoisse.

« Pourquoi faut-il que la réalité soit flétrie par les hommes quand tant de beauté nous entoure ? » se demandait la jeune fille, envoûtée par sa vision.

Une lune pâle montait lentement dans le ciel et sa lumière, ajoutée à celle des étoiles, baignait le paysage d'une étrange magie.

Profondément absorbée dans ses pensées, Tarina revoyait les livres qu'elle avait lus au cours de son voyage.

Son esprit et son âme semblaient vibrer à l'unisson d'une présence qui la dépassait tout en faisant corps avec elle.

Elle resta ainsi longtemps : elle songea soudain

qu'il devait être tard : aucun écho de voix ne lui parvenait plus et elle supposa que chacun s'était retiré dans sa cabine.

Un peu engourdie par sa longue immobilité, elle se leva et entreprit de retraverser le pont, désert, croyait-elle.

Elle venait à peine de quitter sa retraite quand elle aperçut deux personnes, sortant de sous les parasols, juste devant elle.

Tarina recula vivement dans l'ombre épaisse des poutrelles; elle était certaine qu'on ne pouvait la découvrir.

Puis elle reconnut lady Millicent et le marquis debout contre le bastingage et entendit celui-ci dire de cette voix qui vibrait toujours d'une étrange façon :

– Voici l'étoile que je voulais vous montrer.

Tout en parlant, il montrait un point dans le ciel, mais lady Millicent répondit doucement :

– Ce ne sont pas les étoiles qui m'intéressent, Vivien, c'est vous.

Elle enlaça alors le marquis et attira son visage vers le sien.

Elle portait une robe de tulle pailletée. Tarina l'avait aidée à la passer avant le dîner et, sous la lumière des astres, elle scintillait comme une étoile à peine née des flots.

Jamais auparavant Tarina n'avait vu un homme et une femme s'embrassant ainsi avec passion.

Tandis que le marquis et lady Millicent restaient soudés l'un à l'autre, Tarina ressentit une curieuse sensation, différente de tout ce qu'elle avait éprouvé jusque-là.

Enfin, le marquis releva la tête et lady Millicent soupira :

– Vous me plaisez, Vivien, vous me plaisez depuis toujours. J'aimerais que nous soyons beaucoup plus proches encore. Voulez-vous, cher Vivien?... Voulez-vous, mon merveilleux amant?...

Sa voix frémissait de passion.

Elle tourna soudain les talons et s'éloigna avec une grâce ondulante qui évoqua pour Tarina la grâce d'une fleur dans la brise du soir.

Le marquis demeura un instant immobile, puis il leva à nouveau la tête vers les étoiles.

Il se retourna enfin et, le yacht ayant changé de cap, la lune éclaira tout à coup les ténèbres où Tarina se tenait cachée.

Son visage apparut en pleine lumière et le marquis put apercevoir ses yeux, immenses et étonnés, qui le fixaient de l'autre côté du pont.

L'espace d'un instant, il sembla pétrifié; Tarina elle-même se sentit sans voix.

C'est le marquis qui rompit le silence en disant doucement :

– Je pense que vous êtes montée sur le pont pour admirer les étoiles? Alors regardez-les... ne baissez pas les yeux!

C'était un ordre mais elle eut le sentiment que sa voix avait quelque chose de suppliant, sans qu'elle pût en déceler la raison.

Tarina ne souffla mot.

Une seconde après, le marquis tournait les talons et disparaissait sous les parasols, sur les pas de lady Millicent.

Ce n'est que lorsqu'elle fut de retour dans sa cabine que Tarina se rendit compte qu'elle tremblait.

Elle était tout à la fois scandalisée et horrifiée.

Oh! comme elle avait été sotte, idiote, stupide! Elle n'avait pas compris que lady Millicent ne se contentait pas de flirter avec le marquis; celui-ci était bel et bien son amant.

« Comment peut-elle se conduire ainsi alors qu'elle est mariée? » se demanda Tarina.

C'était si surprenant et si différent de tout ce dont elle avait eu l'habitude au cours de sa tranquille et simple existence dans le presbytère familial, qu'elle sentit ses joues brûler de confusion.

Qu'avait-elle vu? Qu'avait-elle entendu? Comme c'était dur.

« Comment ai-je pu être assez bête pour ne pas comprendre que c'est ainsi que se conduisent les femmes comme lady Millicent? »

Cette prise de conscience la bouleversa et Tarina commença à comprendre une foule de choses qui l'avaient intriguée dans le passé.

Elle se souvint des rumeurs qui couraient sur le prince de Galles, et de la désapprobation que montrait son père devant la conduite des dames qu'il fréquentait.

Elle se remémora certains propos tenus par Betty.

Quand celle-ci avait réalisé la naïveté de sa cousine, elle s'était empressée de changer de sujet, mais Tarina se souvenait à présent de l'expression de son regard.

Des amants!

Ce mot avait toujours été associé pour elle à Roméo et Juliette, ou aux poèmes d'amour qu'elle avait lus et qui l'avaient bouleversée, sans qu'elle en ait réellement compris le sens; elle s'en rendait compte aujourd'hui.

Qu'une femme mariée, comme lady Millicent, se rendant aux Indes pour rejoindre son époux, puisse coucher avec un autre homme, lui paraissait une abomination!

Elle était si scandalisée qu'elle resta éveillée une partie de la nuit à se répéter que Betty ne devait pas fréquenter une personne aussi immorale et aux mœurs aussi dissolues.

Puis, un soupçon s'insinua dans l'esprit de la

jeune fille : Betty souhaitait-elle jouer le même rôle dans la vie du marquis ?

— Comment le pourrait-elle ? se demanda Tarina.

Enfin, avec un sentiment d'indicible soulagement, elle se souvint que le veuvage faisait de Betty une femme libre.

Le marquis pouvait l'épouser et, si c'était ce qu'il souhaitait, elle lui pardonnerait sans doute son comportement actuel, lorsque lady Millicent aurait quitté le bateau.

Cependant, Tarina ne pouvait s'empêcher d'être tourmentée par cette situation si triste et si déroutante pour elle.

Redoutant d'entendre le marquis pénétrer chez lady Millicent, ou celle-ci quitter sa propre cabine, elle se couvrit les oreilles de ses mains.

— C'est mal ! C'est mal ! Papa serait absolument scandalisé ! murmura-t-elle.

C'était son cas également ! Elle fut incapable de trouver le sommeil tout le reste de la nuit.

En arrivant à Calcutta, quelques jours plus tard, Tarina était aux anges à la pensée que lady Millicent allait les quitter.

Elle n'en souffla mot à Betty et, comme sa cousine ne semblait pas aussi heureuse qu'elle eût pu s'y attendre, Tarina jugea préférable de ne pas y faire la moindre allusion.

Le yacht avait repris la mer après le départ de lady Millicent, et Betty gardait cependant un silence de mauvais aloi... Tarina dut en déduire que sa cousine était souffrante, à moins qu'elle ne fût soucieuse, sans que Tarina pût en deviner la raison.

Ce matin-là, Betty était très pâle et paraissait trop tranquille ; aussi, lorsque Tarina lui rendit visite, elle lui conseilla :

– Pourquoi ne restes-tu pas au lit à te reposer aujourd'hui?

– Non, non, protesta vivement Betty. Je dois absolument me lever.

– Tu sembles si fatiguée, ma chérie.

– C'est la chaleur, expliqua Betty d'un ton irrité, mais on dit qu'il fera plus frais demain.

Le lendemain en effet, alors qu'un vent du sud-ouest s'était levé, la chaleur tomba quelque peu; néanmoins, Betty n'avait pas retrouvé l'entrain auquel elle était accoutumée.

Tarina pensa que c'était peut-être l'infidélité du marquis qui faisait souffrir sa cousine.

« A présent que cette horrible lady Millicent est partie, se dit-elle pour se rassurer, je suis sûre que tout ira mieux. »

Lady Loraine lui demanda ce jour-là d'avoir la gentillesse de faire quelques travaux de couture pour elle.

– Comme vous deviez également vous occuper de lady Millicent, lui dit lady Loraine de sa voix douce, je n'ai pas voulu vous demander ce service plus tôt. Mais si vous aviez le temps aujourd'hui, je vous en serais très reconnaissante. J'avoue être incapable de me servir d'une aiguille.

– Je ferai cela pour vous très volontiers, Milady, répondit Tarina. J'ai tout le temps à présent.

– J'ai toujours entendu dire que lady Millicent était très exigeante, dit lady Loraine en souriant.

– Très! confirma Tarina.

Le ton de sa voix disait assez sa désapprobation à l'égard de la conduite scandaleuse de cette beauté aux yeux sombres, et au souvenir, tout frais, de son insupportable caractère.

– Nous pourrons former maintenant un calme petit groupe sans histoire, fit remarquer lady Loraine comme si elle se parlait à elle-même. Lady

Millicent n'a jamais été qu'une faiseuse d'embarras.

Tarina avait fort envie de donner son opinion à lady Loraine. Elle aurait aimé lui dire à quel point elle détestait et désapprouvait lady Millicent mais, sachant qu'une femme de chambre ne doit pas se permettre de tels jugements, elle s'abstint.

Emportant la robe de lady Loraine, elle regagna sa propre cabine.

Hunt fut le seul témoin de la joie de Tarina lorsqu'ils s'engagèrent dans la rivière Chao Phraya.

Dans les livres empruntés à la bibliothèque du marquis, elle avait appris toute l'importance de ce cours d'eau pour le royaume du Siam ; elle savait aussi que cette rivière était appelée « Menam » par les géographes occidentaux, c'est-à-dire « Mère des eaux ».

C'est parce qu'ils contrôlaient ce cours d'eau que les rois Ayyubid avaient pu régner sur presque tous les territoires qui constituaient le Siam moderne.

Le yacht remontait lentement la rivière en direction de Bangkok, et Tarina était fascinée par la multitude de bateaux, navires, pirogues et barques de toutes sortes et de toutes les couleurs qui sillonnaient en tous sens la voie d'eau.

Elle comprenait la peur et la consternation qu'avaient dû provoquer, l'année précédente, les canonnières françaises lorsqu'elles avaient ouvert le feu sur les ports du Siam.

Les habitants qui vivaient dans des maisons de bois construites sur pilotis loin du rivage avaient dû être terrorisés.

Lorsqu'ils jetèrent l'ancre et que Tarina put apercevoir au loin les toits dorés des temples et des palais, elle comprit que Bangkok ne décevrait pas son attente.

Sa seule inquiétude était de savoir quand elle pourrait descendre à terre pour avoir le temps de tout visiter.

Toutefois, Hunt la rassura en affirmant que le marquis ne manquerait pas d'être occupé par de longs entretiens avec le roi; elle aurait donc tout le temps de parcourir la ville et d'en admirer les merveilles.

– J'espère de tout cœur que vous dites vrai, répondit Tarina.

Le lendemain matin, elle fut la première à monter sur le pont pour contempler la rivière, déjà grouillante d'une véritable flottille de barques. Les reflets étincelants du soleil jouaient au loin sur les toits de ce qu'on lui avait désigné comme le palais royal.

Elle aperçut le marquis, vêtu d'un pantalon blanc et d'une jaquette bleue, qui descendait à terre; elle mourait d'envie de l'accompagner, et elle se demanda ce qu'elle aurait pu faire pour cela...

Betty lui avait appris que leur hôte et ses invités étaient priés de se rendre au palais pour y rencontrer le roi Chulalongkorn.

Après le déjeuner, on leur ferait visiter ce qui était, Tarina n'en doutait pas, une des plus belles pièces de l'architecture de Bangkok.

– Quelle chance tu as, Betty, quelle chance tu as! répétait-elle.

Puis elle s'était sentie honteuse de découvrir qu'elle enviait sa cousine.

Elle lui devait toute sa reconnaissance; c'était grâce à elle qu'elle avait pu arriver jusqu'au Siam; aurait-elle jamais pu imaginer, sans cela, qu'elle aurait un jour la chance de le visiter?

Peut-être ne rencontrerait-elle pas le roi, mais elle pourrait admirer les pagodes scintillantes sous leurs dorures et cette merveilleuse rivière.

Dès que le marquis et ses hôtes furent hors de vue, Tarina courut sur le pont et, dans l'air humide et chaud, elle s'absorba dans la contemplation du fourmillement des barques et du ballet de la population qu'elle apercevait sur les quais.

Ses lectures le lui avaient appris : les habitants du Siam sont des gens accueillants; chacun en effet, enfants ou adultes, semblait sourire.

Les occupants des barques qui passaient près du yacht agitaient la main, et Tarina leur rendait leur salut.

Un peu plus tard, Hunt vint lui annoncer :

— Quand j'aurai fini tout c'que j'ai à faire pour Sa S'gneurie, j'vous accompagn'rai à terre, Mademoiselle, si des fois vous en avez l'envie.

— J'adorerais cela! s'écria Tarina. Et je suis certaine que j'aurai une foule de questions à vous poser.

— Posez-les toujours, répondit Hunt. Pour commencer, j'suppose qu'vous savez qu'nous sommes ancrés en face d'l'hôtel Oriental, c'est ç'ui qu'fréquentent tous les « aristos ».

Il désigna alors du doigt un édifice à l'aspect imposant.

— ... Si vous r'gardez à travers les arbres, just'en face d'nous, vous apercevrez des princes et des lords en train d'pavaner, d'même qu'des millionnaires!

Tarina se mit à rire et observa avec intérêt l'hôtel à demi caché dans les cocotiers.

— On dit qu'il a été construit par deux capitaines d'la marine marchande, expliqua Hunt, l'seul problème pour les marins, c'est qu'y zont pas les moyens d'y aller!

— A quelle époque ces capitaines l'ont-ils construit? demanda Tarina.

— Avant qu'vous soyez née, y a cent ans au moins!

Tarina sourit et Hunt ajouta :

– ... Mais vous aimeriez sans doute avoir la chance d'apercevoir le roi. Y doit être un rien noceur, quand on pense qu'il a soixante-dix-sept enfants!

– Je ne vous crois pas! s'exclama Tarina.

– Croix d'bois, croix d'fer, insista Hunt. Et trente-deux garçons sur le nombre!

Quand elle jugea que l'heure du déjeuner était proche, Tarina descendit dans sa cabine et découvrit qu'elle était déjà servie.

Elle se délecta d'un merveilleux repas froid qui n'avait rien perdu de sa saveur à l'attendre.

Il faisait trop chaud pour manger en quantité et, lorsqu'elle eut terminé, Hunt, qui prenait ses repas avec les membres de l'équipage, n'avait pas encore donné signe de vie.

Tarina rassembla donc les livres dont elle avait terminé la lecture pour aller les échanger dans le cabinet de travail du marquis.

Tout était tranquille sur le yacht et elle gagna sans hâte la cabine du maître du bord, munie des ouvrages qui lui avaient rendu la traversée si agréable.

Elle avait tant appris au cours de ce voyage que, d'une certaine façon, elle se sentait devenue quelqu'un d'autre depuis son départ d'Angleterre.

Elle pénétra dans le cabinet de travail du marquis et eut presque le souffle coupé; elle venait d'apercevoir trois peintures dont deux étaient appuyées contre des chaises, la troisième étant posée sur le bureau.

Tarina comprit immédiatement de quoi il s'agissait.

Nombre des ouvrages qu'elle avait lus concernant le Siam mentionnaient les peintures murales qui ornent les murs de certains temples bouddhistes et qu'on appelle *Jatakas*.

Celles qu'elle avait sous les yeux illustraient des récits très anciens, des fables et des légendes datant de la période prébouddhique en Inde.

Tarina s'était beaucoup documentée à ce sujet; elle croyait qu'elle n'aurait jamais l'occasion de les admirer; les plus intéressantes en effet se trouvaient non pas à Bangkok mais dans des temples disséminés dans la campagne.

Pourtant, voilà qu'elle avait devant elle de remarquables copies de ces purs chefs-d'œuvre!

D'une facture aussi délicate que des miniatures, elles étaient de dimensions suffisantes pour donner une bonne idée des originaux qui ornaient les murs des temples.

Ces peintures murales représentaient un monde peuplé de créatures mythiques et de divinités dont la fonction première était d'éduquer l'humanité.

Tarina les considérait attentivement, consciente qu'elles illustraient le courage, l'amour, la gentillesse, la tolérance et la vérité.

Quelque chose de mystique semblait se dégager des trois peintures.

Tarina sentit que son cœur, ou plutôt son âme, y répondait pleinement.

Elle en examina une, puis une autre, tentant de comprendre leur message et leur enseignement, ce qu'elles avaient transmis à des milliers de bouddhistes au cours des siècles.

La porte s'ouvrit derrière elle et, pensant qu'il s'agissait de Hunt, Tarina fut légèrement contrariée de le voir venir ainsi troubler le sentiment de recueillement bien proche de la prière qu'elle éprouvait en cet instant.

– Qu'y a-t-il de plus admirable? demanda-t-elle pourtant.

– Je savais que vous les apprécieriez, répondit une voix grave.

Tarina poussa une petite exclamation et se retourna pour découvrir qu'il ne s'agissait pas de Hunt, mais bel et bien du marquis!

Elle resta debout, interdite, le dévisageant les yeux écarquillés, l'esprit vidé par la surprise de cette présence. Elle n'aurait même pas été capable de dire son propre nom si on le lui avait demandé!

Le soleil pénétrant par le hublot nimbait d'or sa chevelure; les éclairs roux qui l'illuminaient semblaient ceux des peintures près desquelles elle se tenait toujours.

La chaleur était si forte que Tarina ne portait pas ce jour-là une de ces petites robes noires qu'elle trouvait si convenables pour une camériste.

Non, elle avait revêtu une des toilettes mauve pâle dont Betty lui avait vanté à Londres tout le confort par temps chaud.

Révélant la finesse de sa taille, soulignant la forme de ses hanches, la robe était exquise et chatoyait jusqu'à ses pieds dans un flot de soie et de mousseline.

Enfin, tandis que le marquis l'examinait, les yeux étincelants, Tarina parvint à retrouver sa voix; elle balbutia dans un murmure :

– Je... je... je suis... désolée.

Le marquis referma la porte derrière lui.

– Je suppose que vous êtes ici pour renouveler votre provision de livres, comme vous avez l'habitude de le faire en mon absence, dit-il.

– Vous... vous le saviez?

– Il m'avait paru difficile de croire que lady Loraine pouvait lire si vite une telle quantité de livres tout en demeurant si suprêmement ignorante de leur contenu.

Tarina retint son souffle.

– Je... je suis désolée. Je n'aurais pas dû... Je

sais... Mais je craignais, si j'avais dit à votre valet de chambre de vous demander la permission, que vous ne jugiez ma requête impertinente et que vous ne refusiez.

Prenant conscience de la gravité indiscutable d'un tel geste, surtout de la part d'un domestique, Tarina s'empressa d'ajouter :

– ... Je vous en prie, n'en veuillez pas à votre valet de chambre. C'était très mal de ma part de tenter de vous tromper, mais je ne m'y suis résolue que parce que vos livres représentaient tant pour moi... beaucoup plus que je ne saurais le dire.

– Avez-vous réellement pris plaisir à les parcourir ? interrogea-t-il.

Pour la première fois depuis l'irruption du marquis dans la cabine, les yeux de Tarina s'éclairèrent.

– Je me disais justement il y a quelques instants que grâce aux lectures que j'ai eu le loisir de faire à bord du yacht de Votre Seigneurie, je... j'avais changé.

– Changé ? A quel point de vue ?

– Je... je sais tellement plus de choses qu'auparavant. Mon père me l'aurait dit : cela m'a ouvert les yeux sur de nouveaux horizons.

Il y eut un moment de silence, puis le marquis fit observer :

– Et à présent, vous voilà enchantée par mes peintures.

Tarina les regarda de nouveau avant de répondre :

– Elles sont... merveilleuses ! J'ai lu beaucoup de choses sur les *Jatakas*, mais je n'avais jamais pensé que j'aurais l'occasion d'en admirer.

– Maintenant que voilà chose faite, demanda le marquis, à quoi vous font-elles penser ?

Tarina garda le silence un long moment avant de répondre :

– Je sais que leur seule fin à travers les siècles a toujours été d'éduquer l'humanité, mais je sens qu'il m'est impossible d'exprimer par des mots ce que cet enseignement veut exactement suggérer.

Le marquis fit quelques pas pour se placer à sa hauteur et baissa les yeux sur la *Temiya Jataka*, une peinture aux coloris exquis représentant des dizaines de personnages occupés à des tâches différentes.

Chacun était une miniature en soi, pourtant, ils se fondaient ensemble pour former un unique tableau; en les regardant, Tarina connut la réponse à la question du marquis.

– Je sens, articula-t-elle lentement, qu'il ne faut pas regarder ces peintures seulement avec les yeux, mais qu'il faut les appréhender avec notre instinct, peut-être devrais-je dire avec notre âme.

Le marquis resta immobile avant de répondre :

– Vous énoncez là ce que j'ai moi-même tenté de me formuler.

– Vous me comprenez? lança Tarina sur un ton passionné. L'important, c'est ce qu'elles apportent à celui qui les contemple, et non pas ce que nous essayons d'en retirer.

Il y eut un bref silence, puis le marquis demanda brusquement :

– Qui êtes-vous?

Tarina tressaillit, comme s'il l'avait éveillée d'un rêve.

Comme elle hésitait, cherchant ses mots, le marquis précisa :

– Je ne parle évidemment pas de votre venue à bord de mon yacht en qualité de femme de chambre – de cela je suis au courant – mais de votre véritable identité.

Après une pause, il ajouta :

– ... Je ne crois pas que vous soyez française comme on le prétend.

Tarina voulut protester et lui répondre ce que Betty et elle-même étaient convenues de dire : son père était français et sa mère anglaise.

Mais, comme elle avait été élevée dans l'horreur du mensonge, elle sentit le rouge lui monter aux joues et sut que sa rougeur subite la désignerait comme coupable.

– Je ne doute pas que lady Bradwell me donnera une explication raisonnable et plausible sur ce qui l'a poussée à vous amener à bord, reprit le marquis, mais j'aimerais tout de même savoir par quel miracle vous avez un esprit si différent de mes autres invités et pourquoi ces peintures produisent sur vous le même effet que sur moi.

– Est-ce vrai? s'étonna Tarina. Je n'aurais pas cru que...

Comprenant qu'elle était sur le point de dire quelque chose de discourtois, elle s'arrêta net.

– Que je puisse ressentir de pareilles émotions? compléta le marquis. Vous devez avoir vos raisons pour porter un tel jugement sur moi. La vérité, c'est que, lors de mon précédent séjour dans ce pays, voilà quatre ans, j'ai rencontré un artiste qui copiait les peintures murales des temples du nord du pays; je lui ai passé commande pour quelques reproductions.

Il sourit avant de reprendre :

– ... J'avais presque oublié cette commande, mais les Siamois sont très sérieux et pour eux, le temps est sans importance. L'artiste m'a apporté ces copies dès que nous avons jeté l'ancre la nuit dernière.

– Je suis heureuse, si heureuse d'avoir pu les admirer.

– J'en suis conscient, fit doucement remarquer

le marquis. Mais j'attends toujours une réponse à ma question.

– Je crois, Milord, qu'elle n'est pas nécessaire. Peut-être commettez-vous une erreur en m'accordant une telle attention.

– Quelle réponse ridicule! s'exclama vivement le marquis. Comment pourrais-je ne pas vous remarquer? Comment ne pas sentir votre présence, même lorsque vous êtes hors de ma vue?

Surprise, Tarina le regarda puis, sans réfléchir, elle rétorqua :

– Ainsi, vous aussi vous... De mon côté, je...

Réalisant que ses propos risquaient d'être trop révélateurs, Tarina s'interrompit et le marquis acheva avec douceur :

– Vous sentez vous aussi la même chose vis-à-vis de moi!

Abaissant les yeux sur les peintures, il ajouta :

– ... Chacun de nous deux a-t-il vraiment besoin d'une explication? J'ai lu tous les ouvrages sur le bouddhisme rangés dans ces rayonnages; tous évoquent très clairement le caractère éphémère de notre existence.

Il s'interrompit un moment, puis reprit bientôt quoique plus lentement :

– ... Si vous et moi avons une conscience si profonde l'un de l'autre, c'est sans doute parce que nous nous sommes déjà connus, les ondes que nous émettons – ce que nous appelons notre esprit si vous préférez – ont une perception plus aiguë de la réalité que nos yeux.

– Croyez-vous vraiment à ce que vous dites?

– J'en suis fermement convaincu, répondit le marquis, et je suis sûr que vous l'êtes également.

Elle détourna les yeux avant de répondre :

– Mon père et moi en avons souvent parlé. Il estimait le bouddhisme comme la seule religion juste et logique. En outre, il savait que la philosophie bouddhique cadrait parfaitement, lorsqu'on l'approfondissait, avec la doctrine du christianisme traditionnel.

Le marquis eut un rire bref avant de poursuivre.

— Et maintenant que vous m'avez fait ces confidences, si vous me réveliez votre véritable identité? A moins, bien sûr, que vous ne soyez sortie tout droit d'une de ces peintures pour me distraire et me surprendre...

— Eh bien, voilà une explication qui convient parfaitement, répondit Tarina. Aussi, nous en resterons là... si vous le voulez bien, Milord?

Voyant qu'il était sur le point de répliquer, elle s'empressa d'ajouter :

— Il est très improbable que je puisse reprendre ma place dans le tableau, aussi serais-je reconnaissante à Votre Seigneurie de me laisser regagner ma cabine par les mêmes moyens que ceux qui m'ont permis d'arriver jusqu'à la sienne.

Elle se rendit compte soudain que si le marquis était de retour à bord, tous les autres invités devaient avoir rejoint leur cabine; elle s'exclama :

— Si lady Bradwell est revenue, je dois me rendre immédiatement auprès d'elle.

— Rien ne presse, assura le marquis. A l'heure qu'il est, lady Bradwell et mes hôtes sont occupés à visiter le palais royal. Pour ma part, comme j'ai déjà eu l'occasion de l'admirer au cours de voyages précédents, je suis revenu à bord immédiatement après mon entretien avec Sa Majesté.

— A l'avenir je montrerai plus de discrétion, dit Tarina. Voulez-vous une fois encore excuser la curiosité qui m'a poussée à lire vos livres sans votre permission?

Le marquis eut un petit geste de la main.

– Mon cabinet de travail est à votre entière disposition, et j'espère également que vous continuerez à apprécier mes peintures.

Tarina retint son souffle.

– Merci! Merci! s'exclama-t-elle. Mais « apprécier » n'est pas exactement le terme qui convient. En réalité, elles me fascinent. Le simple fait de les contempler m'illumine davantage que la lecture de vingt livres sur la question.

Elle s'exprimait avec, dans la voix, un tremblement d'émotion qui n'échappa pas au marquis.

Après un instant, celui-ci déclara :

– J'aurais le plus grand plaisir à vous entendre me raconter où vous avez appris toutes ces choses sur des sujets dont, je dois l'avouer honnêtement, je n'ai jamais parlé auparavant avec une femme.

Jugeant qu'elle pouvait se montrer franche sans danger, Tarina répondit :

– Mon père était un humaniste, Milord. Il a obtenu son doctorat à Oxford pour un traité qu'il avait écrit sur la philosophie orientale.

– Et après vous avoir fait bénéficier d'une telle éducation, votre père vous a ensuite autorisée à accepter cette absurde place de femme de chambre?

– Mon père est décédé.

– Voilà donc la raison de la couleur de votre toilette! s'exclama le marquis. Permettez-moi de vous féliciter pour cette très jolie parure de grand prix, semble-t-il?

La voix du marquis s'était faite méfiante – sans que Tarina puisse en comprendre la raison – mais, comme quelque chose chez lui l'encourageait à la confiance, elle répondit :

– Chaque fois que je passe une de ces merveilleuses toilettes, qui m'appartiennent à présent, je remercie le Ciel de posséder d'aussi belles choses.

Tout en parlant, elle se rappela soudain que lorsqu'elle avait vu le marquis et lady Millicent s'embrasser sur le pont et qu'elle avait compris le genre de leurs rapports, elle avait éprouvé de la répugnance.

Sur le moment, elle avait ressenti de l'horreur et du dégoût à l'idée qu'une femme pouvait se conduire de pareille façon. Elle avait englobé le marquis dans le même jugement quoique un peu différemment.

Elle revivait presque la scène et on pouvait lire dans son regard au point que le marquis devina sa pensée ; il dit brusquement :

– Je vous ai déjà conseillé de lever les yeux vers les étoiles, ainsi vous oublierez que c'est seulement leur reflet que nous saisissons ici-bas.

Tarina ne parut pas comprendre le sens de ces propos et elle risqua après un instant :

– Le mal gâche la beauté que Dieu nous a donnée.

– Il nous a également faits humains, rappela le marquis. Comme votre jeunesse vous rend intolérante à l'égard des faiblesses humaines ! Lorsque vous serez plus âgée, vous comprendrez qu'un homme cherche le bonheur là où il croit pouvoir le trouver.

Tarina fit de sa main un petit geste désinvolte.

– Vous avez raison, asquiesça-t-elle d'une voix sourde, et je conçois que vous me trouviez bien ignorante, et sans doute... plutôt retardée...

– Ce ne sont pas des épithètes que j'emploierais en l'occurrence, objecta le marquis ; ne vous portez pas du tort à vous-même. Personne n'a jamais pu atteindre le sommet sans grimper.

Tarina le regarda d'un air étonné et il expliqua :

– Ce n'est pas seulement par leurs actions que les humains se font du tort, mais également par leurs pensées. Or ce que vous pensez à l'instant est étranger à votre nature; cela ne correspond pas à ce que vous enseignent mes peintures.

– Vous avez raison, reconnut Tarina, la voix toujours assourdie, vous avez mille fois raison. J'aurais dû m'en rendre compte moi-même.

– Allez-vous oublier ce qui vous a troublée?

– J'essaierai, répondit-elle humblement, quoique cela risque d'être très difficile.

– C'est toujours difficile, reconnut le marquis. Mais si tout était facile, nous n'aurions plus de motifs à nos luttes, nous n'aurions plus rien à accomplir.

Tarina ne put retenir un cri:

– C'est vrai, et lorsqu'on a atteint l'horizon, un nouveau paysage s'offre à nous. Comment ai-je pu être assez naïve pour l'oublier?

– En effet, pourquoi?

– Sans doute parce que j'avais peur.

Elle se rappela son désespoir lorsque son père était mort et, ensuite, lorsqu'elle avait découvert le peu de fortune dont elle disposait.

Tarina s'en souvenait parfaitement: elle avait prié sans arrêt pendant tout le trajet jusqu'à Londres, elle n'avait qu'une idée en tête: que Betty puisse l'aider.

Puis au moment où elle s'y attendait le moins, comme l'apparition soudaine d'un arc-en-ciel après l'orage, elle avait été entraînée dans ce voyage merveilleux; les ténèbres s'étaient dissipées et tout était lumière.

– Un voyage de découverte! fit-elle presque dans un murmure.

Le marquis sursauta.

Il se souvint que c'étaient les mots qu'avait

employés le ministre des Affaires étrangères; il avait même ajouté que Vivien trouverait peut-être au cours de son voyage l'étoile qu'il cherchait en vain depuis toujours.

Troublé par ces pensées, le maître des lieux traversa la pièce et tendit le bras vers la plus haute des étagères de la bibliothèque où il prit plusieurs ouvrages.

– Vous n'avez pas encore lu ceux-ci, dit-il. Lorsque vous les aurez refermés, il m'intéresserait de savoir ce qu'ils signifient pour vous, pour votre esprit et, surtout, pour votre âme.

Parfaitement consciente que leur conversation avait soudain pris une autre direction et que le marquis souhaitait maintenant la voir quitter sa cabine, Tarina saisit les livres qu'il lui tendait et se dirigea vers la porte; sur le seuil, elle se retourna pour faire une petite révérence en disant :

– Je vous remercie, Milord, je vous remercie... infiniment.

Elle referma sans bruit et courut presque dans la coursive jusqu'à sa cabine.

Elle avait le sentiment qu'elle devait fuir quelque chose tout à la fois d'irrésistible et de menaçant, quelque chose à quoi il lui était impossible d'échapper, ni maintenant ni jamais.

Effrayée, elle sentait son cœur battre de curieuse façon et elle avait le sentiment d'avoir vécu une étrange expérience – presque mystique, bouleversante au-delà de toute expression.

Comment avait-elle pu parler ainsi au marquis?

Comment avait-elle pu pousser l'intimité au point d'exprimer ses pensées et ses sentiments véritables?

Et enfin, comment avait-il pu lui poser de telles questions? et lui avouer qu'il avait toujours eu conscience des ondes qu'elle émettait? tout comme elle-même avait été consciente de celles qui rayonnaient autour de lui.

« Je rêve sans doute, le marquis n'a pas pu dire cela! » songea Tarina pour elle-même.

Puis, comme elle s'était assise sur son lit pour reprendre ses esprits, elle eut la nette impression que tout était mêlé dans sa tête, pensées et sentiments, tel un puzzle dont on ne trouve pas la première pièce.

Elle savait seulement que le marquis était très différent de l'image qu'elle avait de lui – et même de l'opinion que chacun semblait avoir de lui.

Si elle ne les avait pas imaginées, si elle avait réellement entendu les paroles dites par le marquis, alors, toutes les rumeurs auxquelles elle avait prêté l'oreille et qui avaient fait de lui un homme trop gâté, cynique, débauché, amateur de jolies femmes, étaient fausses!

Certes un tel portrait correspondait peut-être à la moitié de l'homme, mais l'autre moitié, celle qu'il avait su garder secrète, était totalement différente.

Elle croyait voir les démons et les dieux célestes des peintures unis dans le corps d'un même être.

Aujourd'hui, pour la première fois, elle pouvait comprendre les raisons qui faisaient soutenir à son père que tout homme porte en lui Dieu et le diable et qu'il a donc la liberté de choisir son guide.

Ensuite, comme elle restait assise à penser au marquis, avec la conscience éperdue de sentir que quelque chose en elle s'évadait vers lui et que sa présence ne l'avait pas quittée depuis qu'elle était montée à bord de la *Sirène des Mers*, Tarina pensa qu'elle se montrait déloyale envers Betty.

C'est sa cousine qui l'avait amenée jusqu'ici, et sa

cousine, qu'elle aimait et qu'elle voulait aider, désirait épouser le marquis.
– Je suis sûre qu'il la rendra très heureuse, dit Tarina à haute voix.
Puis elle tressaillit presque à la douleur que provoquait chez elle pareille idée et, incrédule, étonnée, elle en comprit soudain la raison.

6

Tarina ne parvenait pas à trouver le sommeil.

Elle restait étendue, à penser au marquis et à tous les événements merveilleux survenus depuis son départ de Londres.

Les premières lueurs de l'aube s'infiltrèrent à travers les rideaux des hublots, et Tarina sauta en bas de son lit pour aller admirer le ciel qui virait du noir au gris tandis que les étoiles s'éteignaient une à une.

Elle évoquait à nouveau la façon dont le marquis lui avait ordonné de lever les yeux vers les étoiles, quand elle entendit un léger bruit dans le couloir; elle se retourna. A sa grande surprise, elle vit apparaître un billet qu'on glissait sous la porte de sa cabine.

Elle courut le prendre et lut une écriture droite et ferme qui, elle le comprit aussitôt, était celle du marquis.

> « Si vous êtes éveillée, aimeriez-vous
> m'accompagner au marché flottant?
> Rendez-vous au débarcadère
> de l'Oriental Palace. »

Elle lut tout d'abord avec étonnement, puis se sentit envahie par un sentiment croissant de plaisir irrésistible.

Tarina avait entendu parler du marché flottant comme d'un lieu unique à Bangkok mais, sachant qu'il se tenait très tôt le matin, elle n'avait pas pensé qu'elle aurait l'occasion de le visiter.

Pressée par son désir de ne pas faire attendre le marquis, elle fit une rapide toilette, s'habilla à la hâte et, sans réfléchir davantage, mit la première robe qu'elle trouva dans la penderie.

Passant devant son miroir, elle remit de l'ordre dans sa coiffure et vit qu'elle portait une très jolie toilette de coton que Betty, Tarina en était certaine, avait elle-même choisie à Paris.

Sa coupe était insolite, ses broderies anglaises, agrémentées de rubans mauves, très originales.

C'était si joli et néanmoins si simple, que l'ensemble avait un chic très particulier.

Tout en se coiffant, Tarina choisit un chapeau à bord étroit qui convenait à merveille.

Il était de mousseline blanche artistement bordée de rubans mauves et, songea Tarina, c'était exactement ce qu'une jeune fille pouvait porter en cette circonstance.

Elle se demanda tout de même si une telle toilette n'était pas trop jeune pour elle, et elle fut bien obligée de conclure qu'une telle parure était trop élégante pour une femme de chambre.

Mais elle dut se rendre à l'évidence : elle n'avait plus le temps de se changer ; aussi, ramassant ses gants en hâte, elle se glissa par la porte de la cabine dans la pénombre de la coursive.

Il n'y avait personne alentour, tout était parfaitement tranquille.

Sans déceler la moindre trace de la présence d'un domestique, elle se hâta vers le pont et trouva la porte ouverte; le marquis lui-même avait dû la déverrouiller.

Il ne lui fallut que quelques minutes pour descendre la passerelle, longer le quai et gagner les jardins de l'Oriental Palace.

Tarina savait que le débarcadère de l'hôtel se trouvait à l'autre extrémité des jardins; aussi suivit-elle une allée de cocotiers jusqu'au lieu où le marquis l'attendait déjà.

Comme elle s'avançait vers lui, Tarina remarqua qu'il examinait sa robe et son chapeau.

Elle espéra que son regard était admiratif, mais elle ne put en être certaine.

Parvenant à sa hauteur, elle dit un peu hors d'haleine :

– Merci, merci mille fois. Je désirais tellement voir le marché flottant, sans espérer que ce fût possible...

– Je pense qu'il vous plaira, répondit-il. Venez, une barque nous attend.

L'embarcation était curieuse et ne ressemblait à rien de ce que Tarina connaissait.

Tous deux prirent place à l'avant.

La barque était séparée en son milieu : de l'autre côté, se tenaient deux rameurs et un homme qui tenait le gouvernail.

Cet agencement donna à Tarina l'illusion de se trouver seule avec le marquis; de toute façon, elle était sûre que ces hommes ne pouvaient comprendre leur conversation.

Tandis qu'ils s'engageaient sur la rivière, les ténèbres s'estompaient pour faire place à la lumière; Tarina comprit que dans quelques minutes les premiers rayons du soleil apparaîtraient à l'est.

Au-dessus de leurs têtes, les dernières étoiles s'évanouissaient : moment exquis, mystique, entre l'obscurité et le jour, quand le monde semble retenir son souffle.

La rivière, au contraire, était très animée.

Des barques de toutes sortes glissaient en tous sens ; déjà, les ferry-boats étaient chargés de Siamois se rendant à leur travail.

Ils progressèrent un moment en silence puis le marquis déclara :

– J'ai eu quelque difficulté à m'endormir cette nuit et, lorsque je repense à notre conversation, je ne peux m'empêcher de la trouver très surprenante.

– Peut-être est-ce là le sentiment que vos peintures voulaient vous faire éprouver, répondit Tarina.

– Cela afin que nous cherchions leur véritable signification ? interrogea le marquis.

– C'est en tout cas ce que devraient s'efforcer de découvrir tous ceux qui ont la chance de les contempler, repartit Tarina.

Après un silence, le marquis demanda :

– Comment vous appelez-vous ?

– Tarina.

– Voilà un nom bien curieux, mais il vous va bien. Vous êtes la première femme que je rencontre à porter ce prénom.

– C'était celui de mon arrière-grand-mère. Elle était autrichienne.

Le marquis sourit.

– Voilà qui explique la couleur de vos cheveux ; je savais bien que j'avais raison de penser que vous n'étiez pas française.

Répugnant à se lancer dans des explications sur les motifs qu'elle avait de se faire appeler « Josée », Tarina détourna son regard pour observer les berges de la rivière qui s'animaient peu à peu.

De leurs maisons de bois sur pilotis, des femmes sortaient étendre du linge.

Des enfants agitaient la main en direction des

barques qui passaient, des petits garçons à la peau brune pataugeaient dans l'eau, agrippés à un radeau fait de quelques bouts de bois cloués ensemble.

Tous souriaient et Tarina dit :

– Ce peuple est heureux. Beaucoup de gens sont pauvres mais tous ont le sourire, tous semblent aimer la vie ou plutôt tous aiment véritablement la vie.

– Et ils ont raison, ajouta doucement le marquis.

Une fois de plus, il lui conseillait de ne pas penser à la laideur du monde.

Il leur fallut un long moment pour atteindre le marché flottant.

La rivière offrait tant de scènes intéressantes au regard que Tarina crut que quelques minutes seulement s'étaient écoulées avant qu'ils s'engagent dans un *klong* – étroit affluent du cours d'eau principal – dans le sillage d'une flottille de barques qui, manifestement, convergeaient toutes vers le marché.

Le *klong* se faisait ensuite de plus en plus étroit, il était bordé de maisons agrémentées de vérandas, toutes construites sur pilotis et munies d'un appontement léger à fleur d'eau, donnant accès à quelques marches conduisant à l'habitation.

Le spectacle le plus fantastique était constitué par le nombre de barques et de sampans agglutinés sur le *klong* lui-même.

Chacune des embarcations – qu'un homme ou une femme, la tête cachée sous un immense chapeau, faisait avancer à l'aide d'une unique et très longue rame – était remplie de marchandises, surtout de fruits et de légumes.

Fraises, radis et melons d'eau formaient des taches de couleurs brillantes au milieu des concombres, des ananas, des haricots et des champignons de toutes sortes.

Certains sampans transportaient de la viande, du poisson, des nouilles, et même des casseroles et autres ustensiles de cuisine, ou encore du charbon.

Au fur et à mesure que le soleil montait dans le ciel, une vague de chaleur humide enveloppait le marché; les propriétaires des barques déployaient d'immenses ombrelles pour protéger leurs marchandises.

L'embarcation louée par le marquis avançait au milieu de celles des marchands et des clients; le spectacle était indescriptible, fascinant, passionnant; Tarina aurait aimé regarder de tous les côtés à la fois.

Jamais auparavant elle n'avait vu une scène comparable à ce marché flottant.

Malgré l'acharnement de chacun à écouler ses produits – ce qui, de toute évidence, n'allait pas sans ces interminables marchandages fort compliqués, propres aux Orientaux –, tous restaient souriants et de bonne humeur.

Leur petit équipage ramait et Tarina était aussi heureuse qu'une enfant assistant à son premier Noël.

Elle était si captivée que lorsqu'elle ôta son chapeau pour mieux voir, elle ne remarqua pas que le marquis l'observait.

Sa chevelure rousse étincelait au soleil, dans ce surprenant décor.

La barque fit enfin demi-tour et Tarina poussa un petit soupir en disant :

– Qui aurait cru qu'un marché puisse être à la fois aussi intéressant, aussi pittoresque et aussi étrange ?

– J'étais sûr qu'il vous plairait, répondit le marquis.

Pendant le trajet du retour, l'éclat du soleil et le kaléidoscope des couleurs parurent s'intensifier. Le spectacle sembla plus extraordinaire encore qu'à l'aller.

Lorsqu'ils eurent retrouvé la rivière principale, Tarina s'adressa au marquis :

– Comment pourrais-je vous remercier de m'avoir permis d'assister à un spectacle aussi inoubliable et aussi typiquement siamois ?

Achevant sa phrase, elle leva les yeux vers le marquis et saisit sur son visage une expression qu'elle ne pensait pas y avoir déjà observée.

Il la considéra un long moment avant de lui demander :

– Qu'allons-nous faire, Tarina, vous et moi ?

L'espace de quelques secondes, elle douta d'avoir compris.

Puis, comme si elle avait lu dans ses pensées sans qu'il ait proféré un seul mot, elle détourna vivement son regard.

– Je... je ne comprends pas.

– Je crois au contraire que vous m'avez parfaitement compris, répliqua-t-il. J'ai moi-même cherché à répondre à cette question toute la nuit.

– Ma réponse, s'il vous en faut une, Milord, est... qu'il ne faut rien faire, vous et moi.

– Pourquoi dites-vous cela ? demanda-t-il brusquement.

Pendant un instant, Tarina hésita, puis, d'une voix faible, elle répondit :

– Vous savez... tout comme moi... que ma place n'est pas ici... avec vous. Cela ne manquerait pas de susciter... une grande surprise... et bien des bavardages... si les invités de Votre Seigneurie apprenaient notre promenade.

– Ils n'ont aucune raison d'en être informés, objecta le marquis. Quoi qu'il en soit, j'attends une réponse recevable à ma première question.

Comme Tarina restait muette, il reprit :

– ... Vous savez fort bien que je ne peux renoncer à vous. Je veux vous parler, je veux savoir pourquoi vous réagissez comme je réagis devant les *Jatakas*, je veux savoir une foule d'autres choses encore. Mais tant que durera notre voyage à bord du yacht, il nous sera difficile de nous rencontrer.

Tarina regardait droit devant elle et ne desserrait pas les dents.

Le marquis poursuivit :

– ... Je sais ce que je devrais vous proposer, mais je redoute de le faire.

Pendant un moment, Tarina fut intriguée.

Puis une idée lui traversa l'esprit qui l'amena à demander sans réfléchir :

– Vous... vous ne voulez pas dire... vous ne pouvez pas... comment... comment pouvez-vous penser ?

Elle s'exprimait de façon presque incohérente.

Soudain, le marquis l'interrompit et demanda d'un air farouche, et sur un ton dont il n'avait jamais usé avec elle :

– Qui vous a offert cette robe ?

Pour Tarina, la question n'avait aucun rapport avec le sujet de leur conversation.

Mais la dureté de la voix du marquis, et la méfiance qu'elle lut dans ses yeux lorsqu'elle le regarda furtivement lui firent comprendre que l'enchantement de la lumineuse beauté du marché flottant s'était évanoui, pour céder la place à la réalité la plus sombre.

Malgré elle, l'image du marquis embrassant lady Millicent se forma devant ses yeux.

Tarina pouvait même entendre à nouveau la voix de cette sirène murmurant au marquis qu'il était un « amant merveilleux » avant de disparaître sous les parasols.

Elle se raidit.

Le marquis pouvait imaginer ce à quoi elle pensait – l'expression de son visage ne laissait pas de doute. Il s'empressa de dire :

– Je ne voudrais pas vous bousculer, mais j'aimerais que vous donniez une réponse à ma question précédente : Qui vous a offert cette robe?

Désorientée par le comportement du marquis et par ses propres pensées, Tarina répondit d'une voix faible :

– Une personne pour qui je nourris... de l'amitié.

– C'est ce que je pensais, jeta le marquis.

Sa voix avait repris cette note de cynisme qu'elle redoutait et, devinant sa pensée, Tarina lança avec emportement :

– Comment de telles idées peuvent-elles vous venir à mon sujet? Comment pouvez-vous posséder quelque chose d'aussi beau et d'aussi magique que les *Jatakas* quand vous êtes capable d'imaginer les pires choses, les plus horribles, les plus avilissantes?

Elle ne savait pas exactement ce qu'aurait impliqué le fait qu'un homme lui offre des toilettes mais, pour le marquis, Tarina en était sûre, cela signifiait certainement que cet homme devait avoir été son amant, comme lui-même avait été celui de lady Millicent.

– Si je me trompe, je vous prie de me pardonner, fit promptement le marquis.

Il s'exprimait à présent sur un ton parfaitement neutre.

– Vous vous trompez en effet! protesta Tarina. Et je me considère comme insultée et humiliée par vos insinuations malveillantes!

– Vous êtes-vous demandé pourquoi vous étiez si sûre que c'était bien là ma pensée? interrogea le marquis. Et savez-vous pourquoi, Tarina, je suis en mesure d'imaginer exactement ce que vous ressentez en ce moment?

Elle ne répondit pas et, au bout de quelques instants, il reprit :

– ... Je le répète une fois de plus : que pouvons-nous faire vous et moi? Pourquoi devrions-nous nous séparer quand nous avons encore tout à découvrir l'un de l'autre?

– Il ne saurait être question d'en parler, dit vivement Tarina.

– Alors, que dois-je faire? interrogea le marquis.

Tarina répondit la première chose qui lui vint à l'esprit :

– Vous avez demandé à Bet... lady Bradwell... d'être votre invitée dans cette croisière et elle a cru que c'était par amour, elle croyait aussi que vous aviez l'intention de lui demander... de vous épouser.

– M'épouser?

L'étonnement perçait dans le ton du marquis et, parce qu'il avait notablement élevé la voix en poussant cette exclamation, Tarina se retourna vers lui et le regarda bien en face.

Soudain, elle eut un petit cri horrifié.

– Voulez-vous dire...? Sous-entendez-vous que vous aviez l'intention...?

Il lui était impossible de poursuivre.

Une fois de plus, son innocence et sa naïveté devant les rapports de cette société étaient balayées d'un geste brusque.

Elle comprenait, sans que les mots soient nécessaires, que le marquis avait eu l'intention de devenir l'amant de Betty; seule la venue imprévue de lady Millicent l'avait obligé à remettre ce projet à plus tard.

Pour se rassurer, elle se dit que Betty n'aurait jamais consenti à pareille chose.

Elle se souvint ensuite des propos tenus par sa cousine, au cours de leurs conversations concernant le marquis, elle se rendit compte alors que Betty n'avait elle-même jamais manifesté le désir d'épouser le marquis.

— Non, non, cela n'est pas vrai! dit Tarina dans un murmure. C'est mal, c'est mal, je ne lui permettrai jamais de commettre ce crime!

— Je vous ai déjà dit, rappela doucement le marquis, que je n'avais aucunement l'intention de vous scandaliser.

— Mais vous m'avez bel et bien scandalisée! s'écria Tarina. J'ai beau ne rien connaître de votre société, hormis ce que j'en ai vu depuis que je me trouve à bord de votre yacht, je comprends à présent ce que l'on entend habituellement par « respect de soi-même », et cela, personne ne pourra me l'enlever!

Elle tremblait, tant elle mettait de véhémence dans son discours et tant ses sentiments étaient violents; elle eut bien du mal à ne pas éclater en sanglots.

Le bonheur et l'innocence de l'enfance lui avaient cruellement été arrachés et elle se retrouvait brutalement à l'âge adulte.

Tarina se réveillait dans un monde qui lui était étranger, dans un monde terrifiant qu'elle ne comprenait pas.

Comme s'il avait une fois de plus compris ce qu'elle ressentait, le marquis se pencha vers elle et prit sa main dans la sienne.

— Pardonnez-moi, dit-il. Je ne voulais nullement vous bouleverser. J'ai fait preuve d'égoïsme, je n'ai pensé qu'à moi. Mais vous avez raison, je n'avais pas mesuré toute votre innocence.

– Je l'ai perdue, hélas! répliqua Tarina d'une voix frémissante.

– Ne vous ai-je pas dit de regarder les étoiles dans le ciel et non leur reflet dans la boue d'ici-bas?

– J'ai essayé, mais maintenant que je sais que la boue est là, elle me gâche tout, tout!

Elle sentit les doigts du marquis serrer les siens quand il déclara :

– Vous n'avez pas examiné mes peintures d'assez près. Le prince était tenté sans cesse par des démons malfaisants, il n'a été sauvé qu'avec la plus grande difficulté, in extremis, par un saint *déva* [1].

Tarina gardait le silence.

Elle comprenait ce qu'il cherchait à lui dire, mais tout en jugeant fort répréhensible le fait qu'il lui tenait la main – allez savoir pourquoi –, elle se sentait le besoin de s'accrocher à lui.

Débarrassée de ses œillères, elle était maintenant égarée dans un monde terrible, un monde qu'elle avait été trop aveugle et trop naïve pour comprendre avant aujourd'hui.

Elle se souvenait parfaitement des yeux sombres et séducteurs de lady Millicent, de ses lèvres charnues à la moue voluptueuse et de sa démarche ondoyante.

Elle n'avait pas besoin de l'aveu du marquis pour comprendre que lady Millicent avait été l'une des multiples tentations auxquelles il n'avait pu résister.

Elle avait aujourd'hui quitté le yacht et il n'avait pas tardé à se consoler de son absence.

Le marquis interrompit le cours de ses pensées :

1. Dieu.

– Je crois que vous êtes le *déva* envoyé pour m'aider, pour me préserver de la tentation des démons et pour me ramener dans le droit chemin.

Comme il s'exprimait avec une sincérité à laquelle Tarina ne s'attendait pas, elle le regarda pour voir s'il était sérieux.

– Je ne suis pas en mesure d'influer en quoi que ce soit sur votre vie, murmura-t-elle. Elle n'appartient qu'à vous et vous seul pouvez la conduire et l'orienter.

Il secoua la tête.

– Ce n'est pas exact, Tarina. Tout homme a dans sa vie une femme qui l'inspire et le guide comme le ferait une étoile. Si celui qui cherche se trompe parfois de route dans sa quête, ce qui est compréhensible, convenez-en, ses écarts lui seront pardonnés.

– Par qui, s'il vous plaît?

– J'imagine que la réponse à cette question est « par Dieu », répondit le marquis avec une pointe d'ironie désabusée dans la voix, mais c'est votre pardon à vous, Tarina, que j'implore pour le moment.

– A cause de... de ce que vous m'avez proposé?

– Non, à cause des pensées que je vous ai amenée à avoir. Si, comme j'aurais dû le faire, j'avais compris plus rapidement ce que vous êtes et ce que vous ressentez, j'aurais préféré perdre la vue plutôt que gâcher un trésor aussi parfait et aussi précieux.

Il lui parlait comme personne ne l'avait jamais fait auparavant.

Aussi le considéra-t-elle avec étonnement avant qu'il ajoute :

– ... Personne ne vous a encore jamais embrassée, n'est-ce pas?

– Non, en effet, et heureusement! se récria Tarina en se détournant.

Elle voulait lui retirer sa main, mais il refusait de la lui rendre.

– C'est bien ce que je pensais, fit-il. Aussi, commençons par le commencement. Laissez-moi me charger de tout. Je vais faire en sorte que nous ne soyons pas séparés l'un de l'autre bien que cela me paraisse assez difficile pour le moment.

– Et... lady Bradwell?

Un long silence se fit avant que le marquis réponde :

– Peut-être devrais-je vous préciser nettement la chose suivante : je suis célibataire depuis longtemps et j'entends le rester à l'heure actuelle.

Tarina pensa au désappointement de Betty. Le ton sur lequel le marquis avait parlé lui fit clairement comprendre qu'elle ne pouvait rien y changer.

Elle redoutait pourtant encore de voir Betty se conduire comme lady Millicent au cours du trajet de retour.

Elle décida momentanément que c'était une chose impossible : Betty n'était pas une femme à faire une chose pareille!

Elle lui avait un jour parlé d'un comte et d'un prince rencontrés à Rome, mais Tarina était sûre que sa cousine ne leur aurait pas permis de devenir ses amants.

Elle avait dû flirter avec eux et c'était bien compréhensible, vu sa beauté, quoique le père de Tarina eût considéré cela d'un fort mauvais œil.

Soudain, elle se sentit perdue, comme une petite fille en larmes, abandonnée dans le désert, sans la sécurité d'un foyer, d'une famille, sans personne vers qui se tourner.

La main du marquis qui tenait la sienne lui parut

à cet instant assez semblable à la rambarde d'un bateau sur une mer démontée; elle s'y agrippa de toutes ses forces.

– Je... je ne comprends pas, murmura-t-elle.

Il n'était pas nécessaire de lui expliquer ce qu'elle voulait dire.

Le marquis la regarda.

– Laissez-moi me charger de tout. Je trouverai une solution pour chaque problème. Accordez-moi simplement votre confiance.

Tarina pensa que c'était le marquis qui, le premier, avait fait preuve de méfiance mais, puisqu'il le demandait, elle lui accordait en effet son entière confiance.

Elle sentait des ondes qui passaient de la main du marquis dans la sienne.

Elle le regarda et sut que, tout comme il pouvait lire ses pensées, elle pouvait se reposer sur lui.

Il saurait trouver une solution à ce qui la tourmentait.

– J'écarterai de vous toute la laideur du monde, l'assura-t-il d'une voix grave.

– Je le souhaite très fort, répondit-elle, je dois bien avouer que maintenant que mon père est mort... j'ai peur.

– Quand nous reviendrons sur le yacht, dit le marquis, retournez contempler les peintures dès que vous en aurez le loisir. Vous déchiffrerez leur message et, de mon côté, j'essaierai de vous transmettre le mien.

Tarina soupira mais, cette fois, ce fut de soulagement.

Elle pensa aussi que si le marquis l'entourait de ses bras et la tenait tout contre lui, elle se sentirait en sécurité, à l'abri de tous les malheurs du monde...

A cette pensée, Tarina perçut nettement que les

ondes qui passaient entre eux augmentaient en intensité.

Elles semblaient courir le long de son bras, envahir sa poitrine; elle pouvait les sentir, là, presque confondues avec les battements de son cœur.

Elle entrevit ensuite le débarcadère de l'Oriental Palace et elle comprit que ce qu'elle ressentait n'était autre que l'amour!

Elle le rencontrait au moment où elle s'y attendait le moins; dans un moment si vivant et si fort qu'elle se sentit envahie tout entière par ce sentiment merveilleux.

Le marquis ne parut pas à la salle à manger pour le petit déjeuner et, lorsque Betty demanda de ses nouvelles, l'un des stewards lui répondit que Sa Seigneurie avait préféré prendre son repas seul dans sa cabine.

Certaine que Harry Prestwood serait d'accord avec elle pour trouver cela bien étrange – et inhabituel –, Betty leva les yeux pour lui adresser un sourire par-dessus la table.

Or elle se rendit compte que Harry ne la regardait pas, tout occupé qu'il était à observer les mouvements des barques sur la rivière. Il était absorbé comme si ce spectacle l'intéressait davantage qu'elle-même.

Depuis qu'on avait jeté l'ancre à Bangkok, tous prenaient leurs repas sur le pont, sous un auvent installé à l'arrière du yacht.

Betty aussi prenait plaisir à observer l'incessante circulation des barques sur la rivière mais elle était dépitée de constater que ce spectacle accaparait l'attention de Harry au point d'annuler le charme de sa compagnie à elle.

Ce jour-là, ils étaient seuls et Betty posa soudain

ses couverts avec un bruit sec et, cherchant à attirer l'attention de son compagnon, elle jeta :
– Harry !
Celui-ci, sans tourner la tête, demanda :
– Qu'y a-t-il ?
– Quelque chose ne va pas ?
– Qu'est-ce qui vous laisse penser cela ?
– Tout ! Depuis le début du repas, et avant même que nous nous retrouvions sur le pont, vous sembliez chercher à m'éviter. Que vous ai-je fait ? Que vous ai-je dit pour vous déplaire ?
– Il ne s'agit nullement de cela.
– Je vois très bien que quelque chose ne va pas.
– Je ne tiens pas à en parler.
– Moi si ! insista Betty. Nous étions amis, du moins le croyais-je, alors que nous voguions en Méditerranée, sur le canal de Suez et sur la mer Rouge. A présent, vous avez changé.
Comme Harry ne répondait pas, elle reprit d'un ton suppliant :
– Je vous en prie, parlez-moi, vous m'inquiétez et cela me rend malheureuse.
Harry finit par détourner la tête du spectacle de la rivière pour la regarder.
– Êtes-vous sincère ? demanda-t-il.
– Si je suis sincère ! Comment pouvez-vous faire preuve d'une telle cruauté ?
La voix de Betty s'était brisée sur le dernier mot, Harry se leva soudain de table :
– Je voudrais en effet vous parler, mais pas ici.
– Où allons-nous ?
– Venez là où nous ne serons pas dérangés.
Il scrutait la berge et dit :
– Venez avec moi tout de suite, avant que les Loraine viennent prendre leur petit déjeuner.
Abasourdie, Betty le dévisagea.

— Tout de suite? Habillée ainsi?
— Nous irons seulement dans les jardins. Vous n'aurez pas besoin de chapeau.

Il parlait de façon si pressante et si étrange que Betty ne chercha pas à discuter.

Elle se contenta de traverser le pont à sa suite, puis ils descendirent la petite passerelle et longèrent le débarcadère.

Ils franchirent ensuite une grille et se retrouvèrent dans les jardins de l'Oriental Palace.

Harry avait ouvert le portail pour Betty. A cette heure matinale, les jardins étaient déserts.

Ils suivirent une allée ombragée jusqu'à un lieu retiré bordé de fleurs; là, ils s'abritèrent sous les arbres où nul ne pouvait les apercevoir.

Tous deux s'installèrent sur un banc de bois.

Il parut à la jeune femme que Harry ne s'était pas assis aussi près d'elle qu'il l'aurait pu, et cela délibérément; elle le regarda d'un air interrogateur.

Toutefois, il demeurait silencieux, les yeux fixes, dans le même état que celui qu'il avait montré sur le yacht.

— Que se passe-t-il, Harry? demanda-t-elle.
— Vous l'ignorez?
— Je n'en ai pas la moindre idée.

Il poussa un profond soupir.

— Je dois trouver le moyen de rentrer chez moi à bord d'un autre bateau, ou par l'intérieur des terres.

Le ton de Harry était dur et Betty le considéra avec étonnement.

— Pour quelles raisons? interrogea-t-elle. Qu'est-il arrivé?
— Je vous aurais cru capable de le deviner.
— Hélas, non, Harry, et je ne comprends rien à votre comportement actuel. Je vous en prie, dites-moi de quoi je me suis rendue coupable?

Sa voix était celle d'une enfant blessée et Harry se tourna vivement vers elle.

– Pour l'amour de Dieu, ma chérie, supplia-t-il, ne parlez pas ainsi. Je ne peux le supporter.

Betty était stupéfaite; il poursuivit :

– ... Je vous aime! J'avais cru que vous vous en seriez doutée. Et ne pensez pas que je pourrais faire le trajet du retour avec vous sur la *Sirène des Mers* sans devenir fou ou sans me jeter par-dessus bord!

– Voilà donc l'explication! s'exclama Betty sur un ton qui laissait deviner sa joie. Pourquoi ne pas me l'avoir avoué plus tôt? Je vous aime aussi, Harry, je vous aime depuis des semaines; j'étais désespérée et malheureuse de voir que vous n'éprouviez qu'indifférence à mon égard.

– Indifférence? se révolta Harry dans un grognement.

Mû par une force irrésistible, il se rapprocha de la jeune femme et, prenant ses mains dans les siennes, il les couvrit de baisers.

– Je vous aime! Je vous adore! s'écria-t-il. J'ai véritablement souffert les tourments de l'enfer à vous contempler, si délicieusement belle, tout en ayant la certitude de devoir renoncer à tout jamais à l'espoir de vous voir à moi.

– Mais... pourquoi dites-vous cela?

– Parce que la véritable raison de votre voyage était de servir de distraction à Vivien; quant à moi, je n'ai rien à vous offrir.

– Rien?

Les doigts de Harry serraient ses mains à les broyer.

– Croyez-vous, si j'avais été en mesure de vous demander de m'épouser, que je ne l'aurais pas fait dans les tout premiers jours qui ont suivi notre rencontre?

Comme elle ne répondait pas, il poursuivit après un silence :

– ... Ce n'est pas seulement parce que vous êtes la femme la plus ravissante que j'aie jamais vue, mais parce que tout en vous rayonne de beauté : votre gentillesse, votre sensibilité, votre charme...

Il soupira avant d'ajouter :

– ... Je pourrais vous parler de vous des heures et des heures, mais le fait est que je suis contraint à m'éloigner de vous... je ne peux plus supporter cette situation.

– Mais pourquoi? Pourquoi? répétait Betty.

Il lâcha ses mains et, à nouveau, promena un regard absent sur le jardin avant de reprendre :

– Je ne possède rien, absolument rien! Mon père a des dettes colossales qu'il me faudra bien trouver le moyen de rembourser après sa mort; si Vivien n'était pas là, j'imagine que je finirais par mourir de faim ou par me retrouver en prison pour dettes!

Betty poussa un cri horrifié.

– Mais... ne pouvez-vous remédier à cela?

– Si vous avez la solution, dites-le-moi!

Il se tut un instant et reprit :

– ... Depuis que je sais que je vous aime, je passe toutes mes nuits éveillé à échafauder des plans insensés et irréalisables pour vous demander de devenir ma femme.

Betty poussa de nouveau un cri mais, sans s'interrompre, il poursuivit :

– ...Hélas, je n'ai aucun moyen de me procurer de l'argent autrement qu'en empruntant à mes amis – mais cela, je ne le veux pas, et surtout pas vis à vis de Vivien... A moins que je ne devienne balayeur de rues... Mon éducation a fait de moi un propre à rien!

Sa voix était si chargée d'amertume que Betty tendit la main et lui prit le bras.

— Je vous en supplie, Harry, ne vous rendez pas si malheureux.

— Comment pourrait-il en être autrement quand je vous aime tant? questionna-t-il. Oh! mon Dieu! pourquoi a-t-il fallu que cela m'arrive à moi? J'ai connu de nombreuses femmes – et je ne vous ferai pas croire que certaines ne m'ont pas amusé ou intrigué – mais il ne m'est jamais arrivé de désirer voir l'une d'elles devenir ma femme ou rester pour toujours dans ma vie. Non, avant de vous rencontrer, je n'avais jamais souhaité pareille chose.

Un silence flotta et ce fut Betty qui le rompit :

— Je connais votre... fierté, Harry, mais mon remariage ne me laisserait pas sans ressources.

— J'y ai pensé, répondit Harry, mais je ne crois pas qu'un mariage se construise sur un tel manque d'honneur et de respect de soi. Et ce serait le cas si je m'abaissais à vivre de l'argent de ma femme, sans un sou qui m'appartienne en propre.

— Cela n'aurait guère d'importance, Harry. Mon époux m'a légué tout ce qu'il possédait, c'est un fidéicommis qui administre tous les biens; si je me remarie, j'aurai droit au quart de cet héritage seulement.

— Même s'il ne s'agissait que de quelques shillings, ce serait encore trop si je ne pouvais, personnellement, apporter une somme égale, répliqua Harry. D'ailleurs, comment croyez-vous que je réagirais si vous deviez vous priver du luxe dont vous disposez aujourd'hui, ou si vous ne pouviez vous offrir ces merveilleuses toilettes qui rehaussent encore davantage l'éclat de votre beauté?

— Croyez-vous que tout cela gardera de l'importance si je peux vous avoir, vous? demanda Betty. Mon chéri, avec vous je serais au comble du bonheur même si nous devions vivre sous une toile de tente ou dans une grange. Je n'ai... jamais éprouvé... pour qui que ce soit... ce que je ressens pour vous.

Harry regarda la jeune femme intensément.

Ensuite, poussant un soupir où se mêlaient le bonheur et le désespoir, il attira Betty dans ses bras et ses lèvres cherchèrent les siennes.

Il l'embrassa avidement, avec passion, encore et encore.

Finalement, il déclara d'une voix étrangement mal assurée :

– Ma chérie adorée, je vous aime tant d'avoir prononcé ces paroles! Mais la réponse est non. Non, non, non, et mille fois non!

– Oh! Harry, pourquoi? s'écria Betty. Pourquoi?

– Vous avez fait la conquête de toute la haute société, répondit Harry. Amusez-vous et oubliez tout simplement qu'il existe un idiot appelé « Harry Prestwood » qui vous aimera jusqu'à son dernier souffle.

– Je vous en supplie, Harry, je ne peux supporter cette idée! s'exclama Betty. Je veux vous garder auprès de moi, je veux vivre avec vous! Com... comment pourrais-je... accepter... accepter de vous perdre?

– Vous êtes très jeune, répondit Harry. Bien des hommes traverseront votre vie et, parmi eux, vous en découvrirez un que vous aimerez et qui vous le rendra. Je ne veux pas penser à cela...

– Lorsque je suis devenue veuve, confia Betty, je pensais ne jamais me remarier... j'avais été si malheureuse. Mais à présent, je veux vous épouser, Harry. Je veux devenir votre femme. Ne croyez pas que l'argent m'en empêchera.

– Malheureusement, il risque d'être un obstacle pour moi! objecta Harry. Quand je vous vois si belle, comment pourrais-je vous entraîner dans une vie mesquine et humiliante, une vie où la pauvreté nous obligerait à vivre aux crochets de nos amis ou à supporter les plus grandes privations?

Il inspira profondément et ajouta :

– ... Ma chérie, mon étoile merveilleuse, prenez soin de vous. Lorsque nous remonterons à bord, et même si je doute de ne jamais pouvoir le rembourser, j'emprunterai à Vivien le nécessaire pour rentrer en Angleterre par le prochain bateau qui fera escale à Bangkok. Cela me coûtera vraisemblablement moins cher ainsi qu'en traversant l'Asie et l'Europe par l'intérieur des terres.

– Oh! Harry, ne parlez pas ainsi, supplia Betty. Je vous en prie, restez auprès de moi quelques jours encore, je veux que nous puissions parler de nous.

– C'est inutile, ma chérie, répondit Harry. Je vous aime; aussi, le simple fait de vous voir en sachant que vous ne pouvez m'appartenir me met au supplice.

– Imaginons... imaginons que le jour de votre départ... j'insiste pour vous accompagner? interrogea Betty d'une toute petite voix. Vous... vous n'auriez pas besoin de m'épouser et... du moins pourrions-nous rester ensemble.

Harry ne répondit pas immédiatement mais finit par dire avec emportement :

– Vous ne devez pas parler ainsi! Croyez-vous donc que je n'ai pas eu une telle idée et que je n'en ai pas eu honte aussitôt?

Il saisit de nouveau les mains de Betty dans les siennes.

– ... Vous n'êtes pas une « lady Millicent », Betty. Vous êtes beaucoup trop bonne, trop pure, trop droite et généreuse.

Il fixa intensément le visage de la jeune femme tout en poursuivant :

– ... Vous êtes faite pour être la femme d'un seul homme et la mère de ses enfants. Je déteste penser que vous pourriez rester dans cette société sophistiquée, immorale et capricieuse dans laquelle Vivien ne manquera pas de vous entraîner.

– Il ne m'entraînera nulle part, s'écria Betty, quand je veux demeurer avec vous!

– Je ne vous aime que davantage pour ce que vous venez de dire ma chérie, déclara Harry, mais ma réponse est une fois encore non. Vous n'imaginez pas à quel point vous êtes différente des femmes en compagnie desquelles Vivien et moi nous sommes divertis au cours de notre vie; je ne veux pas vous voir vous abaisser.

En achevant sa phrase, il porta à ses lèvres les mains de Betty et en embrassa les doigts l'un après l'autre, il en embrassa aussi les paumes avec passion et insistance.

– Et si jamais, commença Betty d'une toute petite voix, lorsque vous serez parti... je devenais aussi dure, aussi immorale et impitoyable que lady Millicent?

Harry la regarda droit dans les yeux.

– Vous devez me promettre de ne jamais lui ressembler, ma chérie. Faites-m'en le serment sur ce que vous avez de plus sacré, sur notre amour même, jurez-moi que vous resterez celle que vous êtes, jusqu'à ce que vous rencontriez un homme qui vous garde respectueusement dans son cœur, comme vous resterez toujours dans le mien.

– Je puis vous le promettre, murmura Betty, parce que je ne trouverai jamais un tel homme. Vous êtes seul dans mon cœur, Harry, et une voix souffle en moi que je n'aimerai jamais un autre homme que vous.

Au regard qu'il lui lança, elle vit qu'il souffrait; puis il l'entoura de nouveau de ses bras et se remit à l'embrasser.

Cette fois, il ne l'embrassait plus fougueusement mais lentement, il se montrait possessif et respectueux, comme si elle était devenue sacrée pour lui.

Il déclara ensuite dans un sourire fugitif :

– C'était là mon adieu, ma chérie. Je ne vous toucherai plus avant mon départ, je n'oserai même pas vous parler en tête à tête. Rappelez-vous ce que je vous ai dit : quoi qu'il advienne dans l'avenir, la moindre mauvaise action de votre part souillerait l'image que je garde de vous dans mon cœur et dans mon âme.

– Oh! Harry! Comment pouvez-vous dire une chose pareille? se récria Betty.

Elle avait éclaté en sanglots et les larmes inondaient son visage sans qu'elle fasse aucun geste pour les sécher.

– Je vous aime! Je vous aime! cria-t-elle. Je vous aime pour l'éternité!

Comme pour graver sa beauté dans sa mémoire, il la regarda un long moment.

Puis, il se leva, tourna les talons et s'éloigna, l'abandonnant seule dans le jardin.

7

Tarina revint à bord avec l'impression que le monde avait basculé; elle n'avait pas la moindre idée de ce qu'elle allait faire.

Elle savait seulement que tout son être était attiré par le marquis: elle l'aimait!

Une autre voix en elle lui disait que ses projets et ses propositions n'étaient pas convenables et qu'elle ne devait pas avoir affaire à lui.

Mais son corps était le théâtre d'une véritable bataille; dans son cœur se livrait une guerre qui la déchirait.

– Je l'aime! murmura-t-elle dans le silence de sa petite cabine. Mais comprendra-t-il que je ne puisse me conduire comme lady Millicent? Papa et maman seraient horrifiés.

Elle ne voyait pas très bien où voulait en venir le marquis, la seule image à laquelle elle pouvait se référer, lorsqu'elle imaginait le type de rapports qu'il souhaitait, était celle de lady Millicent.

Il avait bien raison de penser que son amour à elle, Tarina, était comparable à une étoile dont seul miroitait le reflet déformé ici-bas.

Mais elle l'aimait et lui cherchait des excuses, quoiqu'elle comprît parfaitement qu'il était impossible de justifier le péché.

Elle s'assit sur son lit et pensa à son père; s'il avait encore été de ce monde, elle aurait pu lui exposer ses problèmes; non seulement il l'aurait aidée à clarifier tout cela, mais il lui aurait indiqué avec discernement la conduite à tenir en pareille circonstance.

Or, elle était seule, totalement et irrémédiablement seule; elle ne pouvait se tourner vers personne, elle n'avait aucune aide, il ne lui restait que la prière.

Alors même que, avec un sentiment d'élévation spirituelle auquel participait tout son être, elle implorait le Ciel de l'aider et de la guider, Tarina sentait que l'amour attirait son cœur dans une tout autre voie.

« Comment puis-je l'aimer? Comment est-ce arrivé? Pourquoi cela a-t-il été si soudain? »

Elle devait admettre honnêtement que le marquis avait produit sur elle l'effet le plus curieux, dès qu'elle l'avait vu; sa voix avait alors fait vibrer tout son être.

Son âme et son esprit avaient résonné d'un tel écho! Elle croyait, à cette minute, dussent-ils ne jamais plus se revoir, qu'ils étaient mystiquement liés l'un à l'autre, ce qui, selon le bouddhisme, ne s'expliquait que par le cycle des réincarnations.

La pensée de Tarina revint aux peintures du marquis et elle sentit qu'en elle se formait une réponse à la sollicitation de leur beauté, tout comme il le lui avait demandé :

« Puisqu'il les comprend intimement, il sait sûrement qu'il est hors de question pour moi de jouer le moindre rôle dans sa vie. »

Il lui suffisait de revoir le marquis assis près d'elle, dans la barque qui les avait promenés sur le marché flottant, pour sentir sa poitrine tressaillir et pour acquérir la conviction qu'ils étaient liés l'un à l'autre, même en l'absence de tout contact.

« Que faire? se demandait-elle avec désespoir. Oh! maman, que faire? »

Aucune réponse ne semblait devoir lui parvenir. L'heure lui rappela bientôt qu'elle ne devrait pas tarder à se rendre dans la cabine de Betty.

Elle ôta son chapeau, lissa ses cheveux sans prendre la peine de jeter un coup d'œil dans son miroir, puis longea la coursive jusqu'à la cabine de sa cousine.

Les rideaux étaient tirés mais, à la faveur d'un rayon de soleil filtrant par un hublot, Tarina put voir Betty reposer sur ses oreillers, les yeux grands ouverts.

Comme elle ne faisait pas mine de vouloir parler, Tarina rangea quelques vêtements avant de demander :

– Y a-t-il quelque chose que tu souhaiterais?
– Non, je n'ai besoin de rien, répondit Betty.

Elle paraissait déprimée et Tarina cherchait à deviner ce qui n'allait pas, puis elle pensa que sa cousine aurait raison d'être irritée par ses questions.

Tarina se borna donc à prévenir un steward qui vint bientôt déposer de l'eau chaude devant la porte de la cabine de Betty.

En retournant chez sa cousine, Tarina aperçut Hunt, gai et impertinent selon son habitude du matin; mais ce jour-là, elle ne trouva rien à lui répondre.

Elle referma la porte derrière elle et, soudain, une idée lui traversa l'esprit.

« Il faut que je parte, se dit-elle. Il est inutile que je reste ici à lutter contre le marquis en attendant de lui céder. »

Betty ne disait mot et les deux femmes se parlèrent à peine tandis que Tarina aidait sa cousine à s'habiller.

Quand celle-ci monta sur le pont pour prendre son petit déjeuner, Tarina regagna sa propre cabine.

L'idée de fuir lui revint alors en tête et elle ne douta plus que c'était le meilleur parti à prendre.

« Comment pourrais-je vivre sur le yacht du marquis, le voir chaque jour et entendre sa voix sans tôt ou tard me résoudre à accepter ses propositions ? » se demanda-t-elle.

Tarina n'était pas tout à fait certaine de ce qu'il désirait, mais elle se rappelait de vagues lectures qui racontaient que de riches aristocrates tels que le marquis offraient leur « protection » à des actrices ou à des danseuses qui, en échange, devenaient leurs maîtresses.

Elle savait également que les rois de France avaient eu de ravissantes favorites pourvues de fonctions officielles à la Cour.

Les biographies de Madame de Pompadour et de Madame de Maintenon, qui témoignaient de leur rôle dans l'histoire de France, lui avaient paru des contes de fées mais elle ne s'était pas une seconde identifiée à de telles femmes.

C'était comme si on lisait l'histoire des croisades sans avoir la moindre idée des souffrances et de la mort qu'enduraient quotidiennement les gens ordinaires pendant ces expéditions.

En revanche, lorsqu'elle lisait avec son père des ouvrages traitant des coutumes et des religions des pays étrangers, ou encore de la beauté des paysages de l'Himalaya, tout lui avait paru bien réel et aucun détail ne lui avait semblé mensonger ou opaque.

Ayant reçu son éducation dans le presbytère familial, sans contact avec les hommes, exception faite de quelques vieux messieurs, tout ce qui se rapportait à l'amour était irréel et ne semblait pas la concerner.

Elle n'avait aucune idée de ce que recouvrait une expression comme « faire l'amour ». Elle songeait à présent que ce qui l'avait si fortement scandalisée, lorsqu'elle avait découvert les relations entre lady Millicent et le marquis, c'est qu'il y tienne lui-même un tel rôle.

En effet, même lorsqu'elle ne lui avait parlé qu'une seule fois, alors qu'elle ne l'avait aperçu ou entendu que de loin, il représentait déjà quelque chose pour elle.

A y bien réfléchir, Tarina se disait qu'elle eût certes été moins affectée si elle avait appris qu'un homme qui lui était indifférent avait une liaison avec une femme mariée.

Vive et logique, Tarina admit cette vérité sans faux-fuyant.

Pour elle, aimer le marquis revenait à regarder une étoile – ce qu'il lui avait ordonné de faire – avec la certitude qu'il était absolument et à jamais impossible de l'atteindre.

Par conséquent, soupirer après lui, désirer sa présence et se laisser troubler par les ondes qui émanaient de lui ne pouvait faire que son malheur à elle.

Elle risquait en outre de succomber malgré sa lutte contre elle-même, elle ne pouvait se résoudre à accepter l'intimité qu'il souhaitait, et qui, elle le savait, était fort répréhensible hors du mariage.

« Je dois absolument partir ! » se répéta-t-elle.

C'était peut-être une solution de facilité, mais elle redoutait que son amour ne l'empêche de faire clairement la différence entre le bien et le mal.

« Je dois me montrer courageuse, se dit-elle, même si je suis au supplice à l'idée de le quitter. »

Son courage était celui d'une longue lignée d'ancêtres qui avaient combattu non seulement pour leur pays, mais également, tout comme l'avait fait son père avant elle, pour tout ce qui est juste et bon, contre ce qui est inique et mal.

Elle découvrait en elle-même une détermination intacte.

Betty n'avait qu'à peine entamé son petit déjeuner que Tarina décidait : « Je vais demander à ma cousine de me prêter de quoi rentrer en Angleterre. »

Elle savait que nombre de bateaux faisaient escale à Bangkok et elle était sûre d'en trouver un qui la ramènerait dans sa patrie pour un prix modique.

Tarina s'avisa ensuite qu'elle devrait donner des explications à Betty sur les raisons profondes qui la poussaient à ce départ, et elle en conclut que ce serait une erreur de dire la vérité à sa cousine.

Voilà qui lui posait un nouveau problème... Elle resta assise, cherchant une excuse vraisemblable pour rentrer chez elle, sans devoir révéler qu'elle désirait fuir le marquis.

« Betty est amoureuse de lui, songea Tarina, et le marquis, en dépit de son désir avoué de rester célibataire, tombera peut-être amoureux d'elle. »

Il lui semblait incroyable qu'on pût s'empêcher d'aimer Betty quand elle était si belle, si bonne et si généreuse.

Puis, comme si elle était en conversation avec le marquis, elle l'entendit lui dire que Betty n'aurait pu ressentir la même émotion qu'elle devant les *Jatakas*; c'était même toute la différence entre elles, aux yeux du marquis.

C'était ce phènomène d'osmose et les échanges magnétiques qui circulaient entre eux qui distinguaient le marquis et Tarina des autres.

« De plus, songea-t-elle, il est marquis d'Oakenshaw et, à ses yeux, je ne suis qu'une domestique. »

Elle se répéta, une fois encore, qu'il était comme une étoile inaccessible et que le simple fait de continuer à le regarder constituait une erreur.

– Que faire? Oh! papa, conseille-moi! s'exclama-t-elle à haute voix.

Mais, si aucune réponse ne lui parvenait de la part de son père, elle pouvait presque entendre la voix grave du marquis qui disait : « Accordez-moi votre confiance. »

Tout était parfaitement tranquille et Tarina restait assise, réfléchissant avec inquiétude, quand elle entendit le bruit d'une course dans l'escalier et dans le couloir.

Elle comprit aussitôt qu'il s'agissait de Betty retournant dans sa cabine.

Elle entendit bientôt claquer une porte et, sa cousine étant passée en trombe devant sa porte, elle devina qu'il se passait quelque chose.

Tarina se précipita donc vers la cabine de Betty et entra sans frapper.

Sa cousine s'était jetée à plat ventre sur son lit et sanglotait à fendre l'âme.

– Ma chérie, que se passe-t-il? demanda Tarina saisie. Je t'en prie, dis-moi ce qui te bouleverse.

Betty ne répondit pas.

Elle continuait de sangloter. Tarina, s'asseyant sur le bord du lit, l'entoura de ses bras.

– Ne pleure pas comme cela, fit-elle. Tu vas te rendre malade. Que s'est-il passé?

Pendant quelques minutes, Betty fut incapable de proférer un mot puis, sur un ton presque incohérent, elle finit par dire :

– Ha... Harry s'en va!

– Harry?

– Je... je... je ne le reverrai jamais! sanglotait Betty. Je l'aime... oh! Tarina... je l'aime... je l'aime tant!

– Tu as bien dit... Harry? s'étonna Tarina.

Comme si elle n'avait rien entendu, Betty poursuivit :

– Je... je voulais partir avec lui mais... mais il ne veut pas et... et je ne crois pas... que je pourrai vivre sans lui.

De nouveau, son corps fut secoué de sanglots et Tarina, abasourdie et inquiète, serra plus fort sa cousine contre elle :

– Je t'en supplie, ma chérie, ne pleure plus. Dis-moi ce qui est arrivé, je pourrai peut-être t'aider.

– Per... personne ne peut m'aider, répondit Betty. Il m'aime... et je l'aime... oh! Tarina... je voudrais être morte!

Elle criait avec un tel désespoir dans la voix que tout son corps en était secoué.

Tarina ne trouvait rien d'autre à faire que de presser sa cousine sur son cœur, lui prodiguant des paroles qu'elle espérait apaisantes.

Jamais elle n'aurait imaginé pareille situation.

Tarina avait toujours été sûre que Betty cherchait à faire la conquête du marquis – celle-ci l'avait d'ailleurs affirmé; l'idée ne lui était jamais venue que sa cousine avait pu tomber amoureuse de Harry Prestwood.

Tarina l'avait aperçu sur le pont, elle l'avait trouvé très séduisant et, au début de leur voyage, Betty avait en effet beaucoup parlé de lui.

Elle avait même parfois rapporté à sa cousine les propos amusants tenus par ce dernier ainsi que les compliments qu'il lui avait faits.

Tarina s'était réjouie de la présence de Harry qui pouvait distraire l'esprit de Betty du marquis et de lady Millicent.

Elle avait cru à une délicatesse de la part de Harry, pensant qu'il cherchait à réduire la peine que pouvait éprouver Betty à cause de la conduite du marquis.

A présent, elle se rappelait qu'après l'escale de Calcutta, Betty avait paru plus silencieuse qu'auparavant – et, par moments, déprimée ; cette disposition d'esprit avait d'ailleurs semblé s'accentuer de jour en jour.

Pour le moment, la jeune femme demandait :

– Tarina, que vais-je devenir ?

Tout doucement, Tarina reposa la tête de sa cousine sur les oreillers :

– Je vais chercher un peu d'eau fraîche pour te baigner les yeux. Il ne faut plus pleurer ainsi.

– Si Harry n'est pas là, répondit Betty, peu importe mon apparence. Oh ! Tarina, je l'aime désespérément. S'il me le permettait... je le suivrais à pied jusqu'en Angleterre.

– Le lui as-tu dit ?

– Bien sûr ! Mais... bien qu'il affirme... qu'il m'aime pour l'éternité... il m'a dit que... que nous ne devions plus jamais nous revoir et... et je ne peux supporter cette idée...

Sa voix se brisa sur ces derniers mots et les larmes ruisselèrent de nouveau le long de ses joues.

Ne sachant comment calmer sa cousine, Tarina se mit en quête d'un broc d'eau froide et d'une éponge douce qu'elle déposa au chevet du lit.

Comme Betty ne faisait pas un geste, Tarina lui baigna les yeux et les sécha à l'aide d'une serviette très moelleuse mais, les soins achevés, les larmes de Betty recommencèrent à couler.

– Je lui ai dit que j'étais prête à vivre avec lui n'importe où, geignait Betty ; sous une toile de tente... dans une grange... à condition que nous restions ensemble. Mais il refuse de... de me laisser le suivre! Oh! Harry! Harry! comment pourrai-je vivre sans toi?

De retour du jardin de l'Oriental Palace, Harry gagna directement la cabine du marquis.

Il trouva ce dernier assis à son bureau, occupé à écrire.

Quand Harry entra, le marquis leva les yeux et dit abruptement :

— Je suis occupé, Harry.

— J'ai quelque chose à te dire et c'est très important, objecta Harry.

Sans son habituel sourire de bienvenue, le marquis posa sa plume et regarda son ami.

— Y a-t-il quelque chose qui ne va pas? demanda-t-il.

Après un silence Harry répondit :

— Je suis venu te demander de me prêter une somme suffisante pour me permettre de rentrer à Londres, Vivien. Par terre ou par mer, en tout cas par le moyen qui coûtera le moins cher. Il faut, en outre, que tu saches que de l'eau passera sous les ponts avant que je ne sois en mesure de te rembourser.

Il s'exprimait d'une voix dure, en se maîtrisant, comme s'il contraignait ses lèvres à proférer ces mots contre son gré.

Abasourdi, le marquis le considéra longuement :

— Dois-je comprendre que tu désires nous quitter? demanda-t-il. Mais... pourquoi? Que s'est-il passé?

— Je ne tiens pas à fournir d'explications, répondit Harry. Je te demande simplement, et je ne l'ai jamais fait auparavant, de me prêter un peu d'argent.

Le marquis se renversa dans son fauteuil.

– J'espère que tu ne t'attends pas à me voir me contenter d'une si piètre réponse. Après tout, nous sommes amis depuis très longtemps, Harry, et, si tu as des problèmes, tu sais que je suis à tes côtés.

– Si je devais affronter les problèmes que tu crois, sachant que je peux compter sur toi, je te dirais immédiatement de quoi il s'agit. Mais, pour le moment, il n'est rien que tu puisses faire, sinon me donner ce que je te demande.

– Ne sois pas idiot, Harry! protesta le marquis. Tu sais que je te prêterai tout l'argent que tu veux. Mais tu es mon ami et j'aimerais savoir les raisons qui font que ma compagnie n'a plus l'heur de te plaire soudain.

– Il ne s'agit pas de cela, tu le sais fort bien, se récria Harry, mais je dois absolument partir, Vivien. Je n'ai pas d'alternative.

Le marquis garda le silence un instant avant de demander :

– La raison d'un départ aussi précipité a-t-elle un quelconque rapport avec Betty Bradwell?

– Je te l'ai déjà dit, je ne tiens pas à en parler.

– Te connaissant comme je te connais, répliqua le marquis, j'en ai déduit que tu semblais en être très épris jusqu'à notre arrivée à Calcutta. Ensuite, tu m'as paru plus indifférent.

– Tu étais occupé par ailleurs, répondit Harry, et tu m'avais demandé de la distraire; sachant ce que je te dois, j'ai essayé de me conduire honorablement.

– Mais tu es tombé amoureux?

Harry n'eut pas à répondre à la question du marquis, l'expression de son visage le fit pour lui.

Le marquis sourit.

– Parfait! J'en suis ravi! Par ailleurs, Harry, si tu

es en train de vouloir être loyal avec moi dans cette histoire, oublie tout cela! Je trouve Betty absolument ravissante, mais elle ne m'intéresse pas.

A son grand étonnement, l'expression de profond désespoir ne disparut pas du visage de Harry qui se contenta de dire brusquement :

– Je dois partir, Vivien.

– Pourquoi? T'a-t-elle repoussé? Dans ce cas, il te reste le trajet du retour pour tenter ta chance à nouveau.

Harry traversa la cabine pour aller se poster devant un hublot.

– J'imagine qu'il vaut mieux que tu connaisses la vérité, Vivien, commença-t-il. Betty est la seule femme dans ma vie que j'aie jamais souhaité épouser, mais tu connais ma situation financière mieux que personne. Aussi, le seul parti à adopter est-il celui de sortir de sa vie le plus rapidement possible.

– Es-tu sûr de l'aimer à ce point? demanda le marquis avec douceur.

– Aussi sûr que je le suis d'être vivant, sans elle, l'avenir est plus sombre que l'enfer.

– Alors, sûrement... commença le marquis.

Harry se détourna du hublot et l'interrompit :

– J'ai envisagé toutes les possibilités! Bien sûr, je sais qu'elle a de la fortune, mais je n'accepte pas cette solution. Bien sûr, je sais que je pourrais devenir régisseur de l'un de tes domaines, mais crois-tu que ce soit le genre de vie à offrir à une femme exceptionnelle telle que Betty?

Il attendit une réponse mais le marquis demeurant silencieux, il poursuivit :

– ... Comment pourrais-je l'abaisser au rang de certaines de tes connaissances à qui tous les prétextes sont bons pour t'emprunter de l'argent? Comment pourrais-je l'obliger à se débattre dans la gestion d'une maison sans domestiques ? Comment pourrais-je la contraindre à élever nos enfants sans avoir les moyens de leur faire donner une bonne éducation ?

— Vous pourriez être très heureux tous les deux, fit observer le marquis.

— Et quelle opinion aurais-je de moi si je la voyais travailler comme une esclave, à ton avis ? et si je la privais du confort dont elle dispose actuellement ? et si elle en arrivait à me haïr, me reprochant d'avoir gâché ses succès dans le monde avant notre mariage ?

— As-tu dit tout cela à Betty ?

— Elle affirme qu'aussi longtemps que cela nous permettrait d'être ensemble, elle vivrait avec moi sous une toile de tente ou dans une grange, répondit Harry. Voilà quelle femme elle est, et j'aimerais me prosterner à ses pieds tant je lui sais gré d'être différente des autres.

— Ainsi, c'est par orgueil que tu repousses une offre que je qualifierais d'unique, dit sèchement le marquis.

— Comment pourrais-je agir autrement ?

— Il doit bien y avoir une autre solution !

— Laquelle ? Tu sais mieux que personne qu'à la mort de mon père j'hériterai d'une montagne de dettes, et je les traînerai derrière moi comme un boulet jusqu'à la fin de mes jours !

— Cours ta chance, répondit tranquillement le marquis. Je suis sûr, Harry, que ton courage et ton intelligence triompheront de tes problèmes.

— Tu dis n'importe quoi.

Harry dévisagea ensuite le marquis avant d'ajouter :

— Je m'attendais plutôt à un discours à ta façon dans de telles circonstances, Vivien.

— A savoir ?

– Je pensais que tu me conseillerais de prendre ce que m'offrent les dieux, de faire Betty mienne sans me préoccuper de l'avenir.

– Et pourquoi ne le fais-tu pas ?

Haussant le ton et s'exprimant avec gravité, Harry répondit :

– Parce que je l'aime trop pour l'abaisser au rang d'une Millicent Carson et de bien d'autres du même genre, celles avec qui nous avons pris du bon temps dans le passé.

Il observa une pause et respira profondément avant de poursuivre :

– ... Pour le moment, Betty est jeune, simple et elle est totalement ignorante des formes que peut prendre l'amour entre un homme et une femme. Je l'aime trop pour la laisser devenir une de ces créatures qui nous ont amusés pendant un temps.

Harry s'était exprimé avec fougue, aussi, comme gêné d'avoir perdu son contrôle, il se détourna vers le hublot pour laisser tomber, sur un ton différent :

– Pour l'amour du Ciel, Vivien, prête-moi de l'argent et laisse-moi partir !

– Je te donnerai tout ce que tu voudras, répondit le marquis, mais tu commets une erreur. Si Betty t'aime autant que tu l'aimes, vous vous imposez alors tous deux un supplice inutile.

– C'est notre affaire.

Le marquis comprit soudain que Harry était à bout et qu'il lui était impossible d'en supporter davantage.

Il ouvrit un des tiroirs de son bureau et en sortit un carnet de chèques.

– Je vais te prêter mille livres, annonça-t-il, et ne t'inquiète pas pour le remboursement, je peux attendre.

Harry ne fit aucun commentaire et le marquis poursuivit :

– J'espère seulement que le trajet de retour – que tu effectueras sans doute sur quelque rafiot sans confort et puant – te fera revenir à la raison et que je te trouverai à nous attendre dans l'un des ports où nous ferons escale avant de rentrer en Angleterre.

– Ne compte pas là-dessus! Tu ne me reverras qu'à Londres! assura Harry. Là-bas, je tâcherai de sauver quelque chose du désastre causé par mon père.

Ce discours laissa entendre au marquis qu'il était inutile de discuter plus longtemps.

Il signa un chèque d'un millier de livres sterling et le posa devant lui sur le bureau.

Harry parut hésiter un instant à le prendre puis, comme il tendait la main vers le bureau, la porte de la cabine s'ouvrit et un steward entra.

– Qu'y a-t-il, Jenkins? demanda sèchement le marquis.

– Un câble, Milord, transmis par le consulat britannique pour Mr. Prestwood. J'ai pensé que c'était très urgent.

Tout en parlant, le steward traversa la cabine et remit le câble à son destinataire.

Il sortit immédiatement et Harry examina le pli avec étonnement.

– Je ne vois qu'une seule raison pour que le consul prenne la peine de m'adresser un câble à Bangkok, observa-t-il d'une voix sourde.

– La mort de ton père? interrogea le marquis. Si tel est le cas, je te ramènerai en Angleterre le plus rapidement possible.

Lentement, comme s'il ne souhaitait pas connaître le contenu de la missive, Harry décacheta le câble.

Le marquis surveillait le visage de son ami pendant qu'il lisait et il devina aussitôt la teneur du message.

Harry lut le câble d'un bout à l'autre une première fois.

Il le relut une seconde fois, comme pour s'assurer qu'il ne se trompait pas.

Enfin, il poussa un cri qui se répercuta contre les murs de la cabine.

Après quoi il jeta le pli sur le bureau du marquis, traversa la pièce en courant, ouvrit la porte et disparut toujours au pas de course, dans la coursive.

Le marquis resta abasourdi un instant par un tel comportement et demeura immobile, les yeux fixés sur l'entrebâillement de la porte.

Il ramassa lentement le câble sur son bureau et lut :

Harry Prestwood, Esq.
c/o Le Marquis d'Oakenshaw
à bord la « Sirène des Mers »
Consulat Britannique
Bangkok
Siam

Nous avons le regret de vous apprendre que votre père, Sir Roger Prestwood, Baronnet, est décédé hier après-midi des suites d'une crise cardiaque. Votre père venait de gagner le premier prix d'une loterie sud-américaine et son cœur n'a pu résister à l'émotion.

La valeur du prix est équivalente à près de trois cent mille livres sterling.

Le service funèbre sera célébré samedi prochain, aussi nous vous prions de rentrer le plus rapidement possible pour procéder au règlement des nombreux problèmes urgents afférents au domaine de feu votre père.

Nous vous prions d'agréer l'expression de nos sentiments respectueux

MAYHEW, MARTIN & MAYHEW

Comme Harry, le marquis relut le câble pour s'assurer d'avoir bien lu, puis il se leva pour rejoindre son ami.

Betty avait toujours les yeux pleins de larmes, mais elle ne sanglotait plus aussi convulsivement.
Comme Tarina reposait la cuvette sur la table de toilette, Betty lui demanda :
– Que vais-je devenir, Tarina? Je suis incapable de penser et je me sens si malheureuse et...
Elle ne put achever sa phrase car la porte s'ouvrit brusquement et Harry fit irruption dans la cabine.
Pendant un instant, il resta debout à dévisager Betty; celle-ci, se dressant sur son lit, tendit les bras vers lui.
– Harry!
Sans dire un mot, il gardait toujours les yeux fixés sur elle.
Ensuite, comme s'obligeant à marcher lentement, il s'avança vers le lit et s'assit près de Betty.
Les mains tendues, les yeux levés vers lui, Betty l'observait en silence mais le suppliait du regard.
Brusquement, Harry lança d'une voix cassée :
– Tout est arrangé, ma chérie! Es-tu prête à m'épouser immédiatement?
– Harry!
On eût dit le cri joyeux d'une alouette s'élançant vers les cieux.

– Mon père vient de mourir et, malgré toutes ses dettes, il me laisse une fortune!

Betty s'était remise à pleurer et se montrait incapable de parler mais, à présent, c'étaient des larmes de bonheur qui ruisselaient sur ses joues.

Harry l'attira tout contre lui et parut ne plus jamais vouloir desserrer son étreinte.

Debout dans un angle de la cabine, Tarina écarquillait les yeux, certaine que, Betty ayant été sauvée in extremis, son ange gardien était intervenu.

– Je t'aime! criait Harry. Maintenant nous pouvons nous marier ici même, avant notre retour en Angleterre, et nous n'aurons plus de problèmes, nous ne serons plus malheureux.

– Je n'arrive pas à le croire, murmura Betty d'une petite voix brisée.

– Pourtant c'est vrai! C'est vrai! Fini les séparations et les larmes, ma chérie, nous allons rester ensemble!

Sur ces derniers mots, il tourna son visage vers elle et leurs lèvres s'unirent.

Les regardant s'embrasser, Tarina sortit de sa stupéfaction et, réalisant soudain qu'elle devait les laisser seuls, gagna la porte.

Comme elle allait sortir, Betty l'aperçut et tendit la main dans sa direction:

– Oh! Tarina, ne pars pas. Nous n'avons pas de secrets pour Harry. Nous devons lui dire pourquoi tu es ici... et tout ce que tu représentes pour moi.

Tarina courut vers le lit.

– La seule chose qui importe, ma chérie, dit-elle, c'est ton bonheur. Ce qui t'arrive est merveilleux!

Elle embrassa Betty et Harry demanda:

– Quel est donc le secret que vous m'aviez caché ?

– Tarina est ma cousine germaine, répondit Betty. Je l'aime comme une sœur et je veux que tu l'aimes aussi.

– Je n'y manquerai pas, assura Harry, mais, pour le moment, ma chérie, il m'est impossible de penser à une autre que toi.

Ils se regardèrent et le monde parut n'appartenir qu'à eux.

Avec délicatesse, Tarina quitta la cabine à reculons ; lorsqu'elle fut à la porte, elle s'aperçut que les paroles de Betty avaient été surprises par un auditeur imprévu.

Tarina se trouva en effet face au marquis, debout sur le seuil, observant la scène émouvante qui se déroulait dans la cabine, les yeux pétillants de plaisir, du moins Tarina en jugea-t-elle ainsi.

Comme à sa simple vue, le cœur de Tarina bondissait dans sa poitrine, lui coupant presque le souffle, elle se contenta de le regarder fixement.

Il se tenait dans l'embrasure, aussi Tarina ne pouvait-elle sortir de la cabine ; en outre, Betty et Harry avaient littéralement déserté ce monde et n'avaient aucune conscience de ce qui se passait autour d'eux.

– J'ai l'impression, Tarina, que nous sommes « de trop », dit enfin tranquillement le marquis.

Il s'effaça pour la laisser passer, puis referma sans bruit la porte derrière eux.

Tandis que Tarina, hésitante, se demandait si elle allait ou non regagner sa cabine, le marquis dit :

– Suivez-moi, j'ai à vous parler.

Une fois de plus, Tarina sentit le sol se dérober sous ses pas et elle le suivit dans son bureau. Les peintures étaient posées à présent à même le sol, contre la bibliothèque ; elles lui apparurent éclatantes de lumière.

Comme elle se retournait pour regarder le marquis, ce dernier dit :

– Nous avons donc fini par découvrir votre terrible secret : vous êtes la cousine de Betty Bradwell !

– Oui.

– Pourquoi avez-vous prétendu être sa femme de chambre ?

Tarina le considéra avec quelque appréhension, craignant qu'il ne soit fâché.

– Mon père est mort, je n'ai plus de fortune et je m'étais rendue à Londres... en quête d'un emploi et...

Le marquis haussa les sourcils mais n'ouvrit pas la bouche, et Tarina poursuivit :

– ... J'avais besoin de références ; bien qu'étant restée deux ans sans revoir Betty puisqu'elle avait séjourné à l'étranger, je savais qu'elle me les fournirait.

– Au lieu de quoi elle vous a prise à son service.

– Sa femme de chambre venait de se casser une jambe, c'est la providence qui m'a permis d'accompagner Betty au Siam.

Le marquis se mit à rire.

– C'est aussi simple que cela ! Quand je pense que j'occupais mes nuits blanches à inventer les raisons qui vous forçaient à vous déguiser et à vous habiller comme aucune femme de chambre n'a les moyens de le faire.

– Betty m'a fait cadeau de tous ses vêtements de deuil.

– Explication fort simple en effet, observa le marquis, et très éloignée de celle qui m'a mis au supplice et rendu si jaloux.

Ces mots firent rougir Tarina.

– ... Maintenant que nous avons éclairci les

choses, reprit le marquis, et étant donné que Betty et Harry sont impatients de se marier à Bangkok avant de prendre le chemin du retour, je crois que nous ferions bien de suivre leur exemple.

Tarina crut avoir mal entendu puis, jugeant qu'elle avait réellement fait erreur, elle articula dans un murmure :

– Etes-vous en train de me demander de... de... de vous épouser ?

– Je suis en train de vous dire que j'ai, quant à moi, l'intention de vous épouser, répondit le marquis. Je vous avais dit de me donner votre confiance.

– Mais vous vouliez aussi... vous vouliez rester célibataire... C'est bien ce que vous m'avez dit ?

– C'était vrai jusqu'à notre rencontre.

Il y eut un silence. Le marquis ne bougeait pas et la jeune femme restait sans le regarder.

Tarina finit par dire d'une toute petite voix :

– Me demandez-vous de vous épouser... simplement parce que vous savez à présent... que je suis la cousine de Betty ?

Le marquis sourit.

– J'aurais dû deviner que votre pénétrante petite cervelle verrait là une explication. Aussi, afin de vous convaincre, je vais vous montrer le courrier que je viens de rédiger à l'adresse de lord Rosebery, notre ministre des Affaires étrangères.

La missive était posée, dépliée, sur le sous-main du bureau.

Le marquis venait de la terminer lorsque Harry l'avait interrompu, seule y manquait sa signature.

Il la prit et la tendit à Tarina.

Comme elle semblait hésiter à la lire, il insista :

– Lisez, je vous en prie.

Docilement, elle abaissa les yeux vers le feuillet et commença :

Cher Archibald,

Vous trouverez ci-joint pour vos archives le compte rendu de mes entretiens avec le roi.

Je suis certain que vos craintes à son sujet sont désormais sans fondement.

Je l'ai également convaincu de se rendre en visite officielle en Angleterre – et aussi, éventuellement, dans d'autres pays d'Europe – soit l'an prochain, soit l'année suivante. Il est déjà impatient d'entreprendre ce voyage, et je lui ai promis qu'il recevrait dans notre pays un très chaleureux accueil.

Pour ce qui concerne ma personne ainsi que les flatteuses propositions que vous m'aviez faites avant mon départ, oubliez-les.

J'ai fait un « voyage de découverte », et « l'étoile » que je cherchais est aujourd'hui à ma portée : je vais me marier.

Pour des raisons que je vous expliquerai, ceci me mettra dans l'impossibilité d'accepter quelque poste que ce soit : je me contenterai d'être un homme heureux et un mari comblé.

Espérant, le moment venu, recevoir vos meilleurs vœux de bonheur, je demeure...

Au grand étonnement de Tarina, lorsqu'elle eut fini de lire la lettre, le marquis la lui prit des mains et la déchira en morceaux qu'il laissa choir à terre.

– Je devrai écrire une nouvelle lettre au ministre, expliqua-t-il, pour lui annoncer que je suis impatient de connaître le sort qu'il me réserve et je compte que ma femme, outre qu'elle me rendra heureux comme je l'espère, m'aidera à occuper mon poste en prenant sa part des obligations de ma charge.

Tout en parlant, il enlaça Tarina et l'attira contre lui.

181

— Je n'attends aucune objection de ta part, déclara-t-il.

Tarina leva les yeux vers lui :

— Mais... vous ne devez pas m'épouser!

— Pour quelle raison? Je croyais que tu m'aimais...

— Je vous aime, je vous aime plus que vous ne sauriez l'imaginer, mais... vous n'aviez nullement l'intention d'épouser qui que ce soit.

— Pendant plusieurs années, répondit le marquis, je suis en effet resté ennemi du mariage mais, lorsque nous sommes revenus du marché flottant, ce matin, j'ai compris que, n'ayant pas la moindre envie de vivre sans toi, il n'y avait aucun autre moyen pour nous de rester ensemble que le mariage.

Il pencha la tête, de sorte que sa bouche était tout près de celle de Tarina, mais la jeune femme repoussa le marquis de ses mains en disant :

— Je vous en prie... attendez! Je... je vous aime et... je sens que je vous appartiens déjà mais... mais je ne suis pas sûre... je ne pense pas que... que vous devriez m'épouser.

— Que suggères-tu qui nous permette de vivre ensemble? interrogea le marquis.

— Vous êtes un personnage si important que... je ne suis pas certaine... de vous être... indispensable.

Le marquis éclata d'un rire joyeux.

— Ne sois pas ridicule, objecta-t-il. Tu sais comme moi que nous pensons de même, que nous ressentons pareillement les choses, que nos âmes sont jumelles! Nous formons un seul et même être, Tarina, et je doute que, spirituellement, le mariage nous rapproche davantage.

Il respira profondément avant d'ajouter :

— ... J'ai besoin de toi, ma chérie, non seulement

comme « déva », mais comme femme également ; je ne puis plus longtemps continuer à me faire croire que tu n'es pas l'autre moitié de moi-même, une partie de ma vie, maintenant et à jamais.

Tarina eut le souffle coupé par la surprise.

Puis, avant qu'elle n'ait eu le temps de répondre, le marquis la pressa contre lui davantage et posa ses lèvres sur les siennes.

Tandis qu'il l'embrassait, Tarina sut que c'était là ce qu'elle avait tant désiré, ce à quoi elle aspirait ; ce baiser était plus merveilleux encore que ce qu'elle avait imaginé dans ses rêves.

Les lèvres du marquis la retenaient prisonnière, et Tarina croyait sentir la chaleur du soleil embrasant tout son corps, incendiant sa poitrine ; des flammes montaient dans sa gorge, gagnaient ses lèvres qui communiquaient leur chaleur à celles de Vivien.

Comme il la serrait toujours plus fort contre lui, Tarina sut que les ondes qu'elle avait perçues dès le premier instant de leur toute première rencontre étaient aimantées par les siennes ; ainsi, comme l'avait dit le marquis, tous deux ne formaient qu'un seul être.

Les baisers du marquis étaient pourtant davantage encore. Elle n'avait jamais imaginé qu'il fût possible de ressentir pareil transport ou d'éprouver une telle extase.

Tarina se croyait entraînée dans un paradis où les difficultés auraient cessé d'exister, où les problèmes auraient trouvé leur solution, où aurait régné un bonheur indicible et divin.

Lorsque le marquis releva la tête, Tarina murmura d'une voix haletante :

– Je t'aime... je t'aime ! Je n'aurais jamais... Je ne savais pas... que l'amour... pouvait être... aussi merveilleux !

– Moi non plus, répondit-il. Oh! ma chérie, comment aurais-je pu te perdre?

Et voilà qu'il l'embrassait à nouveau, qu'il l'embrassait possessivement, avec fougue et passion.

Les sensations qu'il éveillait en elle se firent si fortes que Tarina se sentit réellement au paradis.

Jamais plus elle ne reviendrait sur la terre...

Beaucoup plus tard, le marquis demanda :
– Comment la chance m'a-t-elle souri au point que je découvre sur mon propre yacht ce que j'ai cherché pendant toute ma vie?

– Vous... tu ne pouvais pas t'attendre à trouver... ta femme... dans le rôle d'une femme de chambre.

– Pas une seconde je n'ai cru à ton déguisement, rétorqua le marquis. La nuit où je t'ai aperçue sur le pont, qui me fixais dans les ténèbres alors que la lumière de la lune éclairait ton visage, j'ai cru à une vision ou à un spectre venu me hanter.

Il déposa un baiser sur son front et poursuivit :
– ... Je n'ai pas tardé à juger que je n'avais jamais vu femme aussi ravissante que toi : tu étais si belle que je te crus venue du ciel.

Tarina ne répondit pas.

Elle cacha son visage contre l'épaule du marquis tandis qu'il continuait :
– ... Je sais à présent que tu vis sur la terre. Je puis t'assurer, ma chérie, que même si j'ai dû affronter au cours de ma vie toutes les manigances des démons malfaisants et tentateurs, je serai pour toi un époux exemplaire.

Il sourit tendrement avant de déclarer solennellement :
– Je peux te faire un serment : ta beauté est telle, et ce qui existe entre nous est à ce point unique, que dès lors il n'y aura plus dans ma vie la moindre tentation.

— Je souhaite... qu'il en soit ainsi, répondit Tarina. Je t'aime de tout mon cœur et je veux être l'inspiratrice de ta vie, je veux te convaincre que je suis bien l'étoile que tu cherchais... et non pas simplement... son reflet... dans une mare d'eau trouble.

Entendant qu'elle lui citait ses propres paroles, le marquis éclata de rire avant de répondre :

— Tu es ce que doit être une femme, si incroyablement belle que la vie ne sera pas trop longue pour te le redire.

Tarina contempla les peintures appuyées contre la bibliothèque, puis déclara :

— J'ai encore un peu peur...

— De quoi as-tu peur?

— De n'avoir pas assez d'importance à tes yeux pour devenir ta femme. J'ignore tout de la vie et je ne te rendrai peut-être pas aussi heureux que tu le crois.

Le marquis la serra si fort contre lui que Tarina en eut le souffle coupé.

— J'adore ta naïveté, fit-il, ton innocence et ta pureté, ma chérie ; j'ai beaucoup à t'apprendre, tout comme j'attends beaucoup de toi. Dans ces conditions, je ne doute pas que nous serons divinement heureux.

Il l'entraîna plus près des peintures et, tandis que tous deux les examinaient encore, il dit :

— Tu m'as affirmé qu'elles existent pour enseigner non pas à notre esprit, mais à notre âme, et mon âme a grandi, elle s'est épanouie, elle est devenue plus forte. J'ai une autre vision de la vie depuis que je te connais.

— C'est bien vrai? demanda Tarina.

— Je pense que ton instinct t'avertirait si je te mentais.

Elle poussa un soupir.

– Personne n'est aussi extraordinaire que toi! Tu penses exactement comme mon père, comme il aurait souhaité que nous pensions toi et moi.

Le marquis resserra son étreinte et dit :

– La première fois que j'ai aperçu ta cousine, j'ai cru voir la plus belle femme que j'aie jamais rencontrée mais, lorsque je t'ai aperçue, j'ai compris que je faisais erreur. Tu es infiniment plus belle, parce que ta beauté n'est pas seulement celle de ton visage : c'est celle de ton âme.

Tarina soupira :

– Tu me dis des choses merveilleuses et je dois reconnaître que c'est ce que je souhaite entendre.

– J'en suis étonné moi-même! répondit le marquis en souriant. Mais jamais au cours de ma vie, je n'avais éprouvé ce que je ressens pour toi en ce moment.

– J'ai tant de chance, fit Tarina, tant et tant de chance! Je serai toujours reconnaissante à notre *karma* de nous avoir réunis.

Elle marqua une pause avant d'ajouter avec solennité :

– ... C'est mon *karma* qui m'a conduite chez Betty le jour qu'il fallait; elle débordait d'enthousiasme à l'idée que tu l'avais invitée à bord de la *Sirène des Mers*.

En guise de réponse, le marquis préféra promener ses lèvres sur les joues délicates de Tarina.

Puis, comme s'il voulait empêcher la jeune femme de penser au choix qui avait présidé à ses invitations, il l'embrassa.

Ce baiser les entraîna de nouveau tous deux dans l'enchantement de l'amour et les transporta dans les étoiles.

Lorsque Tarina et le marquis rejoignirent Betty

et Harry pour leur annoncer leur mariage, ces derniers gardèrent d'abord un silence stupéfait.

Puis Harry laissa éclater sa joie :

– Je n'arrive pas à le croire! C'est la meilleure nouvelle qu'on m'ait jamais annoncée!

Il se tourna vers Tarina pour ajouter :

– ... Je vous félicite d'avoir réussi à prendre dans vos filets le plus rusé, le plus insaisissable des célibataires. Jusqu'ici, il avait réussi à déjouer tous les pièges qu'on lui tendait.

Le marquis se mit à rire.

– Tu vas faire rougir Tarina, dit-il. D'ailleurs, elle ne m'a pas pris au piège, c'est moi qui l'ai attrapée.

Betty étreignit Tarina et l'embrassa :

– Oh! ma chérie, je suis si contente! Harry et moi sommes si heureux que nous voulons voir tout le monde de même autour de nous.

– C'est exactement ce qu'il faut être au Siam, approuva le marquis.

– Le pays du sourire! dit rêveusement Tarina.

– Tout d'abord, décréta Harry sur un ton péremptoire, nous devons nous rendre chez le représentant britannique pour savoir où et quand nous pourrons nous marier.

– Cela ne pose pas le moindre problème, répondit le marquis, et, Harry, comme je sais que tu désires rentrer rapidement en Angleterre, plus vite nos mariages seront célébrés, mieux cela vaudra.

– Rien ne saurait être plus merveilleux pour Tarina et pour moi que de nous marier au Siam, affirma Betty. La seule question à résoudre concerne nos toilettes : nous devons trouver des robes pour plaire à deux hommes aux goûts très difficiles...

– J'aime ce que tu portes et ce que tu ne portes pas, murmura Harry.

Betty rougit; chacun avait les yeux plongés dans le regard de l'autre et ils pensaient chacun à l'autre...

Désireux de parler à Tarina en tête à tête, le marquis l'entraîna dans son cabinet de travail.

Dans la coursive, il interpella un steward :

– Commandez une voiture immédiatement. Nous devons être chez le représentant britannique dans une demi-heure.

– Fort bien, Milord.

Le steward s'étant éloigné en hâte, le marquis emmena Tarina dans sa cabine et referma la porte derrière eux.

– J'ai une demi-heure pour te dire combien je t'aime, déclara-t-il.

La jeune fille regarda les morceaux de la lettre déchirée, éparpillés sur le sol, et dit :

– Je devrais peut-être te laisser seul pour que tu écrives une nouvelle lettre à lord Rosebery.

– Cela peut attendre.

Il l'entoura de ses bras et la serra contre lui avant de demander :

– Et maintenant, dis-moi que tu regrettes de m'avoir rendu fou d'inquiétude.

Elle eut un regard interrogateur et il expliqua :

– Tu comprends bien que, jouissant en Angleterre d'une situation d'une certaine importance, pas seulement dans la société, mais en tant que chargé des affaires de ma famille et président, patron ou fondateur de nombreuses organisations, je me faisais du souci à l'idée que l'on pourrait ne pas approuver mon mariage.

– Tu crois que... tu es bien sûr qu'il sera approuvé par tous?

– Comme tu le sais, répondit le marquis, j'étais prêt à renoncer à tout pour t'épouser, ma chérie. Mais le fait que le père de Betty ait été un gentilhomme très respecté, châtelain de son village, et que sa mère, comme la tienne, soit sortie d'une famille presque aussi ancienne que la mienne, simplifie passablement les choses.

– Com... comment sais-tu tout cela?

– La prudence est la devise de ma vie, répondit le marquis. Aussi, j'aime tout savoir au sujet de mes amis avant qu'ils ne prennent trop d'importance pour moi.

Elle s'écarta de lui pour lui demander:

– Et si réellement je n'avais été qu'une inconnue, une quelconque mademoiselle Josée venue de France?

– Je t'aurais tout de même épousée, affirma-t-il. Je t'aime et j'ai toujours su que je ne pouvais me permettre de passer à côté de quelqu'un d'aussi parfait et d'aussi proche de moi spirituellement.

Il poussa un soupir de soulagement avant d'ajouter:

– Les dieux ont été compatissants, mon amour. Il est plus facile de nager avec le courant que de lutter contre lui...

– Tu étais vraiment disposé à épouser... « Mademoiselle Personne »? insista Tarina.

– Je te l'ai déjà expliqué: aucune femme avant toi ne m'avait jamais fait éprouver ce que je ressens pour toi; aucune d'entre elles ne m'avait permis de comprendre que l'amour est un don de Dieu. Je ne pouvais passer à côté d'un pareil trésor!

A ce discours, les derniers signes d'inquiétude s'évanouirent dans les yeux de Tarina.

Il l'attirait irrésistiblement, aussi se rapprocha-t-elle de lui et mit-elle ses bras autour de son cou.

– Je t'aime, je t'aime! répéta-t-elle. Mais... je n'ai rien à t'offrir... que mon amour. Sera-t-il... suffisant?

Le marquis comprenait toute l'importance de cette question pour la jeune fille.

Il répondit :

– C'est tout ce que je souhaite, maintenant et à jamais. Nous formons tous deux une entité presque parfaite, ma chérie, je suis sûr que nous avons beaucoup à apporter au monde, beaucoup à donner à ceux qui n'ont pas notre chance.

C'était la réponse qu'espérait Tarina.

Ses yeux s'illuminèrent d'un indicible éclat et, comme elle ne trouvait pas de mots pour exprimer son bonheur, elle se contenta de tendre ses lèvres au marquis.

Quand elle put parler, elle dit d'une voix bouleversée :

– Apprends-moi, je t'en prie, apprends-moi ce que tu souhaites me voir faire.

Et comme il ne répondait pas, elle murmura :

– ... Je crains de commettre des erreurs et... que tu n'aies honte de moi.

Le marquis attira la tête de Tarina vers lui.

– Je t'apprendrai l'amour, ma chérie adorée, promit-il, je veillerai sur toi, je te protégerai, et tu ne commettras jamais d'erreurs.

Sa voix se fit plus grave quand il ajouta :

– Ce qui est plus important que les conventions mondaines, c'est que tu donnes à tous ceux que tu rencontres cet amour que je sens vibrer dans tout ton être.

Il l'embrassa alors à en perdre le souffle et, après un instant, il murmura :

– La voiture sera là dans quelques minutes, mon trésor. Tu dois mettre un chapeau et, comme Bangkok est célèbre pour ses bijoux, j'ai l'intention de faire une halte sur le chemin de la légation afin que nous choisissions une bague. Je te l'offrirai comme un lien supplémentaire qui t'enchaînera à moi pour toujours.

– C'est ce que je souhaite, répondit Tarina, mais je préfère tes baisers à tous les bijoux du Siam et de la terre.

Le marquis tendit les bras vers Tarina mais elle s'esquiva et, avec un sourire aussi éblouissant que le soleil, se glissa hors de la cabine.

Il resta immobile, les yeux tournés vers la porte.

Après un instant, il se retourna et ses yeux tombèrent sur les peintures, sur les *Jatakas*.

– Je crois que vous m'avez jeté un sort! s'exclama-t-il sur un ton de défi.

D'une même voix, les *Jatakas* transmirent leur réponse au cœur du marquis :

– Nous t'avons montré le chemin de l'AMOUR!

Achevé d'imprimer sur les presses de l'imprimerie Brodard et Taupin
58, rue Jean Bleuzen, Vanves. Usine de La Flèche,
le 16 décembre 1985
1169-5 Dépôt légal décembre 1985. ISBN : 2 - 277 - 21930 - 4
Imprimé en France

Editions J'ai Lu
27, rue Cassette, 75006 Paris
diffusion France et étranger : Flammarion